1

소설 **신의 1**

1판 1쇄 발행 2012년 12월 11일 **1판 12쇄 발행** 2020년 10월 26일
지은이 송지나
펴낸이 고세규
편집 이승희 **디자인** 이경희

발행처 김영사
주소 경기도 파주시 문발로 197(문발동) 우편번호 10881
등록 1979년 5월 17일(제406-2003-036호)
구입 문의 전화 031)955-3100 **팩스** 031)955-3111
편집부 전화 02)3668-3292 **팩스** 02)745-4827 **전자우편** literature@gimmyoung.com

비채 카페 cafe.naver.com/vichebooks **인스타그램** @drviche **카카오톡** @비채책
트위터 @vichebook **페이스북** facebook.com/vichebook
ISBN 978-89-94343-88-4 04810, 978-89-94343-90-7(세트) 책값은 뒤표지에 있습니다.

비채는 김영사의 문학 브랜드입니다.

송지나 장편소설

신의 信義

1

비채

내 마음의 씻김굿을 한 기분

드라마 〈신의〉는 끝이 났지만 끝을 낼 수 없는 마음들이 모여서 뭔가 더 만들라고, 더 채워 넣으라고 밀어댔습니다. 그래서 이 책이 만들어졌습니다.

책을 쓰면서 알게 되었습니다.

방송 글을 써온 지 이십여 년. 그동안 잊어버리고 잃어버렸던 글 쓰는 기쁨. 단어 하나하나를 고르고 다듬고, 온전히 글과 직면하는 전율 같은 희열. 눈치를 보거나 한계를 지워주지 않아도 되는 생각의 자유.

한 조각씩 되찾게 되었습니다.

한 권의 책을 끝낸 지금, 이제야 비로소 내 마음의 씻김굿을 한 기분입니다.

괜찮다고.

다 잘될 거라고.

이제 시작이라고.

그래서…….

뭔가를 더 해보라고 밀어주신, 〈신의〉를 아껴주는 분들.

덕분에 시작했습니다.

생각만 하려는 저를 잡아채어 주신 김영사 비채 분들 덕분에 현실이 되었습니다.

하루하루 당기고 밀어주신 드라마다 여러분. 덕분에 끝냈습니다.

늘 채팅창을 지키며 자료를 찾아준 누리군.

아버님의 장례를 치르는 영안실에서까지 의료 자문을 해준 민경 님.

드라마 〈신의〉에 대한 신의로 표지를 만들어준 하수오 님. 쌤 님.

고맙습니다.

그리고…….

드라마 〈신의〉를 함께했던 배우 분들, 스태프 분들. 우리의 이야기를 지면에 잡아놓았습니다. 그 지면 위에 그대들이 구현한 세계를 얹었으니 생각날 때면 들어와 노니셔요. 우리…… 잊지는 말아요……라는 메시지입니다.

어떤 경우에도 항상 나의 편이 되어주는 나의 가족에게 끝없는 사랑을 보냅니다.

2012년 12월
송지나

1장

하
늘
의
문

이렇게 누워서 숨을 쉬고 있으면 그 숨이 천천히 잦아들고, 잦아
들다가 멈춰주지 않을까. 숨이 멈춰지면 다시 일어나 문을 열 것
인데. 그러면 그 문밖의 세상은 여기가 아닐 수도 있는데.

공기가 물기를 머금으며 점점 무거워지고 있다. 곧 비가 오겠다. 비가 오면 빗소리에 저들의 기척을 놓칠 수도 있는데. 왼쪽 산등성이 위쪽으로 줄곧 따라오는 두 놈. 그 너머에 좀 전부터 합류한 세 놈. 바싹 마른 여름의 언덕길을 걸으면서도 발소리를 저만큼이나 누를 수 있는 자들이다.

바람막이의 쓰개를 눈까지 내리덮은 채 반은 자면서 최영은 가늠해보고 있다. 네 살짜리 애마 주홍은 등에 태운 주인의 잠을 되도록 방해하지 않으려고 진동을 줄인 보폭으로 걷고 있다. 뒤에서 다가오는 말발굽 소리. 부장인 충석이 옆으로 붙는다.

"따라붙는 놈들이 있는데요."

"알아."

"움직임이 일반 녹림패가 아닌 듯합니다."

"안다고."

어쩔 수 없이 잠에서 깨어난다. 쓰개를 밀어 올리며 뒤를 돌아본다. 두 분을 각각 태운 두 채의 마차를 호위하고 있는 스물네 명 우달치. 두 분에게 속한 가신들. 고려에서부터 동행해 온 어의 장빈. 마차 옆에 붙어 말을 몰던 장 어의가 시선을 보내온다. 왼쪽 산등성이 쪽을 고갯짓으로 가리킨다. 장 어의도 인지하고 있었던 모양이다. 고개를 끄덕여주고 다시 앞을 본다. 이 속도로 국경 마을까지는 두 식경쯤.

"처리합니까?"

"내버려 둬."

어차피 들켰다. 산중에서 추격전을 벌이느라고 힘을 소모할 필요는 없다. 다시 쓰개를 내리려는데 두둑 빗방울이 떨어지기 시작했다. 하늘을 올려다본다. 어느새 하늘에는 한 점 빈틈도 없이 먹구름이 뒤덮고 있다.

비가 퍼붓는 마을 어귀에서 잠시 행렬을 세운다. 마을 길 위로 여인 하나가 아이에게 도롱이를 씌워 끌고 가고 있다. 비를 피하자는 조급함 외에는 보이지 않는다. 지게를 진 촌로 하나가 빗속에 걸어온다. 역시 불안함은 없다. 아직 적들은 마을에서 자리를 잡고 있지 않다.

저만치 길 끝에서부터 달려오는 그림자 하나. 앞서 배를 준비하도록 보냈던 대만이다. 우달치의 정식 부대원은 아니지만 대장인 최영의 연락병이자 가장 빠른 발. 순식간에 앞에 이른 대만이 별로 헐떡이지도 않으면서 보고한다.

"배가 없습니다."

우달치의 두 번째 순위인 부장 충석이 울컥한다. 매사 지나치게 신중하고 진지한 그조차 초조해하고 있다.

"뭔 소리야. 포구 마을에 배가 왜 없어."

"없답니다. 뜰 수 있는 배가 하…… 하나도 없다는데 어쩌지요. 내…… 내일 낮이나 돼야 두어…… 척 들어온답니다."

최영이 말을 돌려 첫 번째 마차 앞에 이르러 안을 향해 고한다.

"하룻밤 머물렀다 가야겠습니다."

마차 옆에서 죽을상으로 말에 매달려 있던 조일신이 끼어든다.

"머무르다니. 여기서 왜. 아직 대낮인데. 바로 배만 타면 우리 고려가 아닌가. 도대체 왜!"

처음 만나던 순간부터 조일신, 이자의 말은 담지 않고 흘리기로 했다. 최영은 마차 안의 대답만 기다린다. 잠시 후 안에서 시큰둥한 대답이 들려왔다.

"그러든지요."

"준비시키겠습니다."

옆에서 조일신이 흥분하여 떠드는 것을 대충 흘려듣고 말을 몰아 앞으로 이동한다. 충석에게 지시한다.

"객잔 하나 접수하지."

마을에서 가장 큰 객잔 하나가 말 그대로 접수되었다. 어차피 들켰고, 놈들을 맞아 싸우자면 좁은 곳보다는 넓은 곳이 낫다. 맘대로 해, 라는 명을 받은 갑조 조장 주석은 신이 나서 안에 들어 있던 손님들을 죄다 내보내고 점원에 주인장까지 내쫓더니 최고의 요리를 내놓으라는 분부와 함께 요리사만 남겨놓았다.

비워진 객잔 안을 한 번 더 구석구석 점검시키고 나서야 두 분을 안으로 모신다. 연경에서 이곳까지 머나먼 길을 숨을 죽이고 달려왔다. 위장해서 입을 옷, 염려 없이 먹을 음식, 눈에 띄지 않을 숙소 등 이쪽 판단에 따라 정해주었다. 귀하신 분들이라 어지간히 충돌이 있으리라 예상했으나 의외로 조용히 따라주었다.

객잔 문이 열리고 우달치들의 엄중한 호위를 받으며 두 분이 들어선다. 우달치들의 바람막이에서 흘러내린 빗물로 물 천지가 된 바닥을 비단신으로 디디며 두 분이 이층으로 이동한다. 최영은 이만치 구석에 서서 보기만 한다. 이제 배를 타고 벽란도까지, 육로 합해서 개경까지는 사나흘 거리. 그때까지만 버티면 된다. 그때까지만······.

의자를 발로 밀어 잠자리를 만들고 있는데 충석이 또 다가온다.

"배를 빼돌린 것도 놈들 짓일까요?"

"그렇겠지?"

의자 세 개가 다 높낮이가 다르다. 빌어먹을.

"그럼 놈들은 우리가 이 객잔에서 하룻밤 묵을 것도 예상했다는 겁니까?"

"객잔이 이거 하나밖에 없다며."

세 개를 이어 붙인 의자에 누워본다. 역시 등이 배긴다.

"그런 줄 알면서 이리로 들어온 겁니까?"

다시 일어나 의자의 순서를 바꿔본다.

"그럼 넓은 들판에서 깃발 꽂고 기다릴까?"

다시 누워본다. 좀 낫다.

"방어는 어떻게 할까요?"

"아주······ 열심히······ 잘······."

눈을 감는다. 세상으로 향하는 문을 닫는다. 이제 나만의 공간. 그 오랜 세월 청소 한번 한 적이 없어도 거미줄 한 자락 늘어지는 법이 없는 내 방. 언제나처럼 방 가운데 두 팔 두 다리를 던져 눕는다. 늘 바라왔다. 이렇게 누워서 숨을 쉬고 있으면 그 숨이 천천히 잦아들고, 잦아들다가 멈춰주지 않을까. 숨이 멈춰지면 다시 일어나 문을 열 것인데. 그러면 그 문밖의 세상은 여기가 아닐 수도 있는데.

충석은 돌아서며 빠르게 머리를 굴린다. 대장과 자신을 뺀 우달치 인원은 스물두 명. 지붕에 궁수를 배치하고 아래층 입구를 지킬 자들을 빼면, 위의 두 분을 각각 지킬 수 있는 인원은 얼마나 남을까. 아니다. 만일의 경우, 대장은 위의 두 분을 지킬 것이다. 그러니 위에는 최소한으로 남기고 나머지는 아래층과 외부로 돌리자.

힐끗 뒤를 돌아본다. 장신으로 이루어진 우달치 부대원 중에서도 눈에 띄게 키가 큰 대장이 그 기다란 몸을 위태롭게 의자 위에 구겨 눕히고 눈을 감고 있다. 눈을 감고 있으면 선만 굵다 뿐이지 웬만한 여인보다 고운 그의 얼굴이 보인다. 그러나 눈을 뜨면 그 모든 인상이 지워지고 오직 그 냉랭한 눈만 남는다. 대장을 처음 만나던 날 그런 생각을 했었다. 얼음 같은 눈이라고. 웃고 있을 때도 그랬다.

　대장은 언제라도 순식간에 깊은 잠에 빠져든다. 언제나 생각 따위에 시간을 허비하지 않는다는 듯이 즉시 명을 내린다. 그에 비하면 자신은 언제나 생각이 너무 많다. 생각이 생각을 잡아 생각을 한다. 그리고 언제나 대장과 비교를 한다. 상념을 떨치려는 듯 고함을 지른다.

　"궁수조. 지붕을 맡는다. 간격 맞추고, 시야 확보하고, 딱 그 자리에서 밤새울 거니까. 알아서 오줌통 준비해."

　어느 결에 비가 그쳤다. 지붕 서쪽을 맡은 궁수 진동은 처음엔 눈이 침침해진 줄 알았다. 눈을 비비고 다시 보았더니 분명히 서쪽 산 위의 하늘이 어른거리고 있다. 봄날의 아지랑이처럼. 이글거리는 화롯불 위가 그렇듯이 어느 지점의 공간이 분명 어른거리고 있다. 뭐지? 라고 생각하는 순간 그 어른거림에 붉은 기가 서리기 시작했다. 소란을 피우며 보고하기에는 그 거리가 너무 멀다. 산불인가? 그러기에는 피어올라야 할 연기가 없다. 가늠하는 사이 오 보 간격 옆에 있던 홍덕이 외치는 소리가 들렸다.

　"뭐야, 저거."

　돌아보았더니 객잔 북쪽으로 뻗은 들판을 따라 한 줄기

16

돌개바람이 밀고 들어오는 게 보인다. 그리 크지 않은 몸통을 지닌 돌개바람의 흡입력은 대단해서 지나오는 길마다 깊숙이 팬 자국을 만들어내고 있었다. 빠르다, 하며 보는 사이 홍덕이 외친다.

"엎드려!"

반사적으로 머리를 감싸며 엎드린다. 동시에 돌개바람이 객잔을 강타했다. 기와가 순식간에 날아오르며 진동의 압력에 귀가 아득해진다.

좀 전부터 최영은 깨어 있었다. 땅을 파헤치며 긁어 오는 소리가 바닥을 통해 전해졌다. 하나…… 둘……. 더 멀리에도. 돌개바람인가. 이렇게 한꺼번에 여러 개가? 튀어 오르듯 일어선다. 이층으로 올라가던 도중에 돌개바람이 객잔을 쳤다. 나무로 지어진 객잔 전체가 우지끈 흔들린다. 여기저기서 질그릇들이 떨어지며 요란한 소리를 낸다. 계단 기둥을 잡고 버티던 최영이 전속으로 달려 올라간다.

왕은 탁자를 두 손으로 부여잡고 그 충격을 견디고 있다. 조일신은 방구석에 웅크려 고개를 박고 있다. 방문이 벌컥

17

열리더니 최영이 얼굴을 들이밀었다. 재빨리 왕을 살피더
니 의무적으로 묻는다.

"괜찮으십니까?"

"무탈해요."

"왕비마마를 이리 모시겠습니다. 양쪽으로 나누어 지키
려면 저희가 힘들어서요. 두 분 사이가 안 좋으신 건 알지
만 양해해주십시오."

겨우 정신이 들었는지 조일신이 벌떡 일어서며 최영에게
삿대질을 한다.

"이놈, 이 무엄하고 고약한 놈. 이⋯⋯."

최영이 조일신의 손에 단검을 쥐어주더니 질질 밀어서
창문 앞에 서게 한다.

"이 창문을 맡으십시오."

그러고는 거품을 물기 직전인 조일신을 놔두고 나가버린다.

역시 보지 않았다, 하고 왕은 생각한다. 최영, 저자는 연
경에서 처음 인사할 때부터 단 한 번도 왕인 자신을 똑바로
보지 않았다. 보아도 늘 사물을 대하듯 무감하게 스치는 시
선이었다. 기억하고 싶지 않은 건가, 하고 왕은 또 생각한
다. 우달치면 왕의 최측근 호위 부대. 그 대장이 왕인 자신
의 얼굴을 기억하려 들지 않는다. 십 년 만에 돌아가서 만
나게 될 고려의 마음인가. 왕은 스산해진다.

진동이 정신을 차려보니 비슷한 모양새의 돌개바람이 여러 개 이곳저곳에 형성되어 이동하고 있다. 불규칙한 곡선의 진로를 이루고 있지만, 모든 돌개바람들은 하나같이 한 지점을 향하고 있다. 그 어른거리는 하늘 쪽이다. 움찔해서 돌아보았더니 어느새 최영이 옆에 서서 진동과 같은 지점을 보고 있다.

"언제부터 저랬나."

"직전입니다. 저도 금방 발견했습니다."

"내가 옆에 올 때까지 알았나, 몰랐나."

"……몰랐습니다."

머리를 움츠렸는데 이미 최영의 매운 손이 진동의 뒤통수를 치고 간다.

"그럼 죽는다."

"시정하겠습니다."

최영은 멈추어 선 채 돌개바람들이 가는 방향을 보고 있다.

진동은 자신보다 다섯 살이나 어린 대장을 슬쩍 엿본다. 우달치로 지낸 지 십 년. 그 숱한 정쟁의 회오리 속에서, 왕의 화살받이로 지내오면서 이제껏 살아남은 것은 이자의 덕이었다. 이상하게도 이자는 출세도 치부도 전혀 욕심이 없고, 오로지 부하들의 목숨만이 유일한 관심사인 듯했다. 그래서 아직 살아 있다.

아주 좋지 않다고 최영은 생각한다. 방금 돌개바람이 한복판을 휩쓸고 지나갔는데, 동네 길에는 사람이 안 보인다. 국경 지대에서 살아온 자들의 촉이 있을 터. 그들은 집 안 깊숙이 들어앉아 돌개바람보다 더 두려운 것을 피하고 있다.

주위를 둘러본다. 부장 충석이 지붕에 배치한 궁수는 다섯 명. 이들이 적을 발견하기 전에 적이 이들을 기습하면? 최영의 눈에는 궁수들의 눈에 띄지 않고 지붕으로 올라올 만한 틈새들이 너무 많이 보인다. 다 데리고 내려갈까 하는 생각을 잠깐 올렸다가 접는다. 오늘 몇 잃을 거 같다, 하는 생각에 익숙한 통증이 심장 부근을 지나간다. 지끈.

자객들이 기습해온 것은 아직 해가 남은 시각이었다.

입구를 지키던 우달치의 발 앞으로 굴러온 벽력탄이 그 첫 신호였다. 다행히 입구를 지키던 자는 창잡이 돌배였다. 돌배는 창을 방망이처럼 사용하는 솜씨를 선보이며 벽력탄을 날아온 곳으로 다시 쳐냈다. 그러나 동쪽과 서쪽의 창문을 깨며 던져 넣은 몇 개가 객잔의 일층을 초토화시켰다. 동시에 뒷문이 뚫리며 자객들이 밀려들었다.

그러나 충석을 필두로 한 우달치들은 이미 이층으로 오

르는 계단 앞을 지키며 진을 형성하고 있었다. 누군가를 지키는 훈련을 매일매일 해왔다. 지금 지켜야 하는 분이 어디 있는지. 그를 지키기 위해 어디를 막아야 하는지. 그것의 한도는 내 목숨이 다하는 순간까지라는 것쯤은 몸에 배어 있다.

앞문이 뚫린다. 비 오듯 하는 화살을 버티지 못하고 돌배 등이 안으로 밀려든다. 앞문을 노리고 화살을 쏘는 자들을 처리하지 못하고 있다는 것은 지붕에 있어야 할 궁수들에게 문제가 생겼다는 뜻이리라.

지붕에 있던 궁수조, 진동 일행은 배가 넘는 숫자의 자객들과 싸우고 있었다. 애초에 적들은 남쪽에서 나타났다. 우달치 최고의 궁술을 지녔다는 덕수가 화살 하나에 한 놈씩 둘을 쓰러뜨렸을 때 동쪽과 서쪽에서 놈들이 또 달려들었다. 워낙에 많았고 빨랐다. 미처 다 제거하지 못한 상태에서 놈들은 객잔에 도달했고, 벽력탄을 던져 넣었다. 아래층에서 터진 그 소리에 잠깐 당황한 사이 북쪽을 지키던 홍덕을 베며 자객들이 밀려 올라왔다.

화살을 재어 쏠 만한 여유가 없었다. 일제히 검을 빼 들고 맞붙었는데, 놈들의 솜씨가 보통이 아니었다. 비록 궁수로 분류되었지만 진동은 우달치다. 검술도 웬만한 금군 셋은 거뜬히 이겨낼 실력이었으나, 진동은 자신에게 달려든 두 놈을 상대하는 게 버겁다. 한 놈이 만월도로 찍어오는 것을 간신히 받아서 쳐내는데 한 치 틈도 없이 다른 놈이 대검을 찔러온다. 허리를 눕혀 피하면서 먼저 놈을 집요하게 쫓았다. 만월도가 위세를 다하기 위해선 적과의 간격이 필요하다. 그 간격 안으로 파고들며 검을 찔러 넣는다. 뒤에서 찔러오는 두 번째 놈의 대검을 느낀다. 별수 없이 공격을 포기하고 바닥으로 뒹군다. 바닥은 곧 경사진 기와지붕. 서너 바퀴를 구르고야 간신히 중심을 잡는다. 순간 고개를 기울여 피한다. 미처 피하지 못한 왼쪽 귀의 반이 베였다. 비명 대신 검을 눕혀 적들을 베어간다. 적의 정강이를 파고드는 둔중한 느낌. 힘을 주어 마저 긋는다. 적이 비명을 지르며 지붕 아래로 굴러떨어진다. 이제 겨우 하나.

이층, 왕의 방에서 최영은 귀를 기울이고 있다. 아래층에서 벽력탄이 터지고 뒷문이 뚫리고 앞문이 뚫렸다. 지붕의 어지러운 발소리를 가늠해보자면 위쪽의 적은 열 명 이상이다. 지붕의 적들이 노리고 있을 양옆의 창문을 둘러본다. 두 명의 우달치들이 각각 창문 앞을 막아서고 있다. 적은

22

생각보다 더 많았고, 예상했던 대로 솜씨가 있는 자들이다. 의자에 앉아 있는 왕에게 간다. 한 무릎을 꿇어 자세를 낮추고 그 눈을 보며 묻는다.

"무섭더라도 제 뒤에서 도망치지 마십시오. 그럴 수 있으시겠습니까?"

왕이 잠시 최영을 본다. 그 눈에 모욕감이 스친다.

"도망치지 않겠어요."

"그럼 지켜드릴 수 있습니다."

일어서며 옆쪽의 왕비를 살핀다. 원나라 공주로 자랐다는 여인이다. 이런 상황이라면 발작을 일으켜도 어쩔 수 없다고 생각했는데, 왕비는 파리한 얼굴로 꼿꼿한 자세를 유지하며 서 있다. 그 왼쪽에는 어의 장빈이 서 있다. 왼쪽 창문이 뚫리면 그가 잠시는 막아줄 것이다. 왕비의 앞과 오른쪽에는 시녀 둘이 소검을 하나씩 빼어 들고 지키고 있다. 그 모양새를 가늠해본다. 칼을 쓰는 기본은 된 아이들이다. 왕비는 일단 그들에게 맡기자.

최영은 왕의 바로 앞에 세 걸음 간격을 두고 등을 보이고 선다. 그가 바라보고 있는 곳은 문. 신경은 분산해서 눈앞의 문과 좌우 양쪽의 창문을 향해 세워놓았다. 그리고 기다린다. 당장이라도 달려 올라가고 싶은 지붕, 당장이라도 달려 내려가고 싶은 아래층을 놓아두고 이 자리에서 기다린

23

다. 왕으로부터 세 걸음 앞.

　아래층의 충석과 대원들은 앞문과 뒷문으로 밀려드는 자객들을 계단 앞에서 묶어놓았다. 그런 줄 알았다. 그러나 자객의 일부가 이층 난간을 향해 줄을 날리더니 재빨리 그 줄을 타고 이층으로 오르기 시작했다. 대만이 원숭이처럼 계단 난간을 타고 올라 손칼을 빼어 걸쳐진 줄들을 끊어내기 시작한다. 그러나 다음 줄을 끊으려는 순간 먼저 이층에 올라선 자객 중 하나가 대만을 향해 벽력탄을 던진다. 탄이 대만의 머리를 날아 넘더니 계단 쪽에 떨어진다. 대만이 소리 지른다.
　"비켜!"
　동시에 몸을 날려 피했는데 이미 계단은 탄을 맞아 폭음을 내며 부서져 내린다. 충석의 뒤쪽에 서 있던 대원 하나가 그 와중에 계단 아래로 떨어지며 부상을 입는다.
　이층이 뚫렸다. 아래층의 충석 무리는 무너진 계단으로 인해 오히려 이층과 연결이 끊겨버렸다.

　온다. 최영은 스릉 검을 빼 든다. 와라.

정신과 마음이 함께 가라앉는다. 감각이 오롯이 살아나며 세상의 움직임이 조금씩 느려진다.

그래서 첫 번째 자객이 문을 박차고 들어설 때쯤에는 그들의 움직임이 느리게 다 읽힌다. 막고, 베고. 동시에 두 번째 적을 돌려차기로 밀어내며 세 번째 적을 먼저 벤다. 적의 수가 얼마나 될지 알 수 없어서 진기는 오직 감각을 유지하는 데만 사용한다. 두 놈이 한꺼번에 덤빈다. 그들을 상대하는데 그 뒤로 하나가 옆으로 샌다. 최영 뒤의 왕을 노리고 있다. 검으로 크게 호를 그려 앞의 두 놈을 물러서게 하면서 몸을 날려 뒤로 새는 놈의 목덜미를 잡아챈다. 놈의 검이 왕의 코앞까지 도달하고 있었다.

그러나 왕은 하얗게 질린 얼굴로 미동 없이 앉아 있다. 와중에 제법이라고 생각한다. 최영이 역방향으로 그은 검에 자객의 손이 손목에서 잘려 거머잡고 있던 검과 함께 굴러떨어진다. 핏줄기가 일직선으로 왕의 얼굴에 튄다. 그래도 왕은 움직이지 않는다.

왕의 흔들림 없는 자세에 한결 몸이 가벼워진다. 최영은 움켜쥐고 있던 놈을 적들에게 밀어 던지며 다시 베어 나간다.

순간, 양쪽 창문으로 자객들이 뛰어든다. 창문 앞을 지키고 있던 덕만이 첫 번째 뛰어든 놈을 상대하다가, 두 번째 놈을 놓쳤다. 적의 검 하나를 빼앗아 오른쪽 창문을 향해 던진다. 두 번째 놈의 목덜미에 박힌다. 왼쪽은?

　왼쪽 창문 근처에 있던 조일신이 기괴한 비명을 지르며 구르다시피 피한 자리로 장빈이 부채를 접어들며 들어선다. 첫 번째 뛰어든 놈의 검을 낭창하게 피하며 장태혈을 부채 끝으로 찍어간다. 사람 상하는 것을 싫어하는 장빈이 처음부터 사혈을 노리고 있다. 그만큼 사태가 급박하다.

　양쪽의 전투를 감각으로 헤아리며 문으로 밀려드는 자객을 상대하던 최영이 긴장한다. 고수다. 오른쪽이다. 앞에 놈을 상대하며 눈길을 돌려 본다. 창문으로 뛰어드는 놈의 몸짓이 예사롭지 않다. 덕만의 공격을 여유 있게 피하며 곧바로 왕을 향해 달려들고 있다.

　상대하던 자 둘을 일제히 밀어낸 최영이 달려온다. 왕을 잡아채어 자객의 검이 빗나가게 한다. 최영이 왕을 막아서며 자세를 취하는데, 그런 최영을 보며 자객이 슬쩍 미소를 짓는 듯싶다. 자객이 몸을 돌린다. 최영이 아차 하는 순간 자객은 이미 옆의 벽에 물러서 있던 왕비를 향한다. 그 앞을 막아서던 시녀가 단칼에 베여 쓰러진다. 그 틈에 왕비가 급히 옆으로 몸을 돌리며 피한다. 최영은 왕에게 달려드는 다른 놈을 베느라 한순간 지체했다. 다급히 달려들어 자객의 등에 검을 꽂는다. 그러나 등을 찔리면서도 자객의 검은 악착같이 목표물인 왕비를 벤다. 왕비의 목에서 피가 뿜어진다. 최영이 검에 찔린 자객을 발로 차버리고 무너지는 왕비를 받아 안는다.

거의 동시에 충석을 필두로 아래층에서 올라온 우달치들이 방 안으로 밀려든다. 자객 중 누군가가 호각을 불어대더니 이제 자객들은 일제히 도망치기 시작한다. 충석이 외치는 소리가 객잔에 쩌렁쩌렁 울린다. 잡아. 살려서 잡아.

장빈이 달려온다. 최영이 왕비를 두 팔에 안아 일어서며 잠깐 왕을 본다. 왕이 핏기 없는 얼굴로 이쪽을, 정확하게는 최영의 팔에 안긴 왕비를 보고 있다.

빌어먹을. 놈들의 목표는 왕이 아니라 왕비였다.

장빈이 최영이 침상 위에 눕힌 왕비의 상태를 살폈다. 오른쪽 목의 경정맥이 끊긴 곳에서 울컥거리며 피가 솟구쳐 나오고 있다.

"약원."

장빈의 부름에 옆에 웅크려 있던 약원이 재빨리 약상자를 펼친다. 장빈이 빠른 손길로 침을 집어 든다.

왕비의 손을 잡아 펼쳐 소부 지점에 사법으로 침을 놓는다. 소부혈의 기를 꺾어 심장의 맥동을 줄일 생각이다. 이어서 왕비의 어깨 옷깃을 내려 천료 쪽에 침을 꽂는다. 솟구쳐 나오던 피가 점점 줄어들고 있다. 기를 멈춰 혈을 죽이고, 지혈을 해놓긴 했으나 어디까지나 임시다.

돌아보았더니 왕이 보고 있다. 왕에게 고개를 저어 보인다. 왕은 순간 휘청하더니 간신히 버티고 선다. 그 모습만으로는 왕이 왕비를 몹시 염려하는 듯 보인다.

장빈이 옆의 최영을 본다. 언제나 그렇듯 무감하고 냉랭한 눈으로 최영이 묻는 시선을 던진다.

"어렵습니다."

장빈의 대답에 최영이 얼굴을 찌푸린다. 누가 봐도, 걱정이 아니라 성가시게 됐군 하는 표정이다.

적들은 열세 구의 시신을 남기고 도망쳤다. 애써 생포했던 놈은 독을 깨물어 자결을 했다고 한다. 이쪽의 희생도 적지 않았다. 지붕을 지키던 홍덕과 우달치 최고의 궁술을 자랑하던 덕수가 죽었다. 아래층을 지키던 우달치도 둘이 죽었다. 그렇게 넷이 죽고 더 많은 수가 부상을 당했다.

적의 시신들은 북쪽 들판에 쌓아놓으라 했고, 우달치의 시신들은 따로 모았다.

최영은 시신이 되어버린 대원 하나하나의 옆에 오랜 시간을 앉아 있었다. 그렇게 시간을 들여 그들 하나하나와 무슨 이야기를 나누는 것일까. 계속 뒤를 따르며 대만은 궁금해한다. 대장은 속을 읽을 수 없는 무표정한 얼굴로 죽은 대원 옆에 그저 우두커니 앉아 있다. 가끔은 고개를 끄덕이기 때문에 이야기를 나눈다고 생각한다. 대장에게는 죽은 대원의 혼이 보이는지도 모른다. 말소리도 들리는지 모른다. 그래서 그처럼 고개를 끄덕이며 죽은 대원의 청에 대답을 하는 것일 게다.

최영은 죽은 자객들의 시신도 꼼꼼히 살펴보았다. 먼저 살펴보았던 충석이 옆을 따르며 보고한다.

"신분을 알려줄 만한 것은 하나도 소지하지 않았습니다. 각자 생포당할 때를 대비해서 자살용 극독을 갖고 있었고요. 습격 중에 누구도 대화를 나누지 않아서 말투도 들어보지 못했습니다. 그래서 출신이 어딘지도 모르겠습니다."

"묵가(默家)다."

"예?"

"변경의 살수 집단."

최영이 시신 하나의 어깨 깃을 잡아채 내린다. 어깨 부근에 작은 문신이 보인다. 언뜻 보아서는 점처럼 작아 지나쳐버릴 만한 문신이었다.

"부족 동네 하나가 이들 살수의 본거지. 수백 명의 살수를 키우는 곳이야. 비싼 데다가 한번 거래를 트기가 그리

29

어렵다던데. 이런 자들을 살 만한 자라면……."

최영은 다음 말을 아낀다. 일어서며 후, 작은 한숨을 쉰다.

"이놈들이라면 포기하지 않을 거다. 이차 공격이 있을 거야. 긴장 놓지 마라."

"예. 그럼 애들 장례는……."

"포기한다. 두 놈 정도 차출해서 조용히 묻어줘. 나머진 전원 수비."

최영은 가라앉은 목소리로 명을 하고는 안으로 들어간다.

날이 저물고 있다. 길고 긴 밤이 될 것 같다.

일렁이는 불빛 안에서 왕은 벽에 그림을 그리고 있다. 좀 전의 싸움으로 엉망이 된 방을 버리고 창문이 없는 이곳 작은 방으로 옮겼다. 그 작은 방의 휑한 벽을 우두커니 보다가 왕은 환관인 도치에게 먹을 갈라 하더니 그림을 그리기 시작했다. 말을 그리고 있다. 말을 타본 적도 없고, 말 타는 법을 배우려고도 하지 않았던 왕은 말을 즐겨 그린다. 말 등에 올라탄 무사도 이제 그려질 것이다. 늘 말을 먼저 그리고 그다음에 그 말 등 위의 인물을 그린다.

뒤에서는 조일신이 침을 튀기면서 떠들고 있다.

"우리 고려가 다 죽게 생겼단 말입니다. 왕비마마가 누구십니까? 원나라 위왕의 공주 되시는 분입니다. 그런 분을 길바닥에서 죽게 해요? 안 그래도 우리 고려를 원나라에 복속시키자는 말이 오락가락하고 있는 이 판국에, 공주님을 우리가 죽게 해봐요. 꼬투리도 이런 꼬투리가 없습니다. 원이 우리 고려를 냉큼 먹어 치울 꼬투리."

왕이 할 수 없이 돌아서 조일신의 옆에 서 있는 장빈에게 묻는다.

"영 가망이 없는가요?"

"목을 지나는 큰 혈맥이 반쯤 베어졌습니다. 수소음심경, 수소양삼초경의 길의 흐름을 느리게 하여 출혈을 지연시켜 놓았습니다만 임시방편입니다."

조일신이 숨넘어가는 소리를 내며 묻는다.

"혈맥이 베였으면 붙여놓으면 되잖소."

"간신히 심장의 박동 수를 반으로 줄여놓았습니다. 자칫 건드려 기의 교란이 생기면 출혈이 걷잡을 수 없게 될 겁니다."

"안 돼. 안 돼요. 살려야 돼."

"신의가 아닌 이상, 불가능합니다."

조일신이 과장되게 머리를 움켜잡는 시늉을 낸다.

왕은 문 옆쪽을 본다. 거기 최영이 늘어져 앉아 있다. 뒷벽에 기대어 눈을 감은 모습이 자고 있는 듯이 보인다. 함께 이동했던 첫날부터 최영은 늘 왕의 방에서 함께 잤다. 허락을 구한 적도 없이 마치 그게 당연하다는 듯 밤이 되자 문을 열고 들어와 입구 옆에 주저앉았다. 검을 허벅지 위에 얹더니 그대로 잠이 들었다.

대장이나 돼서 저렇게 불편한 잠을 자는가 싶어 왕의 마음이 오히려 불편했다.

"대장이 아닌 다른 부하로 번을 서게 하면 어떤가요."

하고 묻기도 했다. 그러나 최영은 무뚝뚝하게 한마디로 답했다.

"제가 할 겁니다."

저렇게 자는 듯이 눈을 감고 있어도 깊이 잠드는 적이 없다는 것을 왕은 안다. 왕이 잠자리에서 돌아누우며 소리를 내면, 최영의 숨소리도 멈췄다가 이상이 없음을 확인하고야 이어지곤 했다.

그래서 지금도 왕은 눈감은 최영에게 묻는다.

"그 여인이 죽으면 우리나라가 죽는답니다. 우달치 대장도 그리 생각하나요?"

최영이 어쩔 수 없다는 듯 눈을 뜨며 답한다.

"신은 일개 무관이라 정치 같은 건 모릅니다."

"왕이 되자마자 나라를 말아먹게 생겼군요. 참으로 대단한 왕입니다, 내가."

왕이 쓴웃음을 지으며 말한다. 최영이 그에 대해 뭔가 반박의 말이라도 해줄 것을 기대했는데 조일신이 비명같이 소리 지르며 끼어든다.

"있습니다, 전하. 신의가 있어요. 바로 이 근처입니다. 신이 압니다."

최영이 검을 들며 일어선다.

"어딥니까. 부하들에게 데려오라 하지요."

"그게 하늘에 계십니다. 그 하늘로 통하는 문을 제가 압니다."

최영이 어이가 없어서 조일신을 돌아본다. 왕도 어이가 없어서 조일신을 본다. 조일신만이 의기양양한 얼굴이다.

"아주 가깝습니다. 멀지 않습니다."

왕비는 그림처럼 어두운 방, 침상에 누워 있었다. 장빈이 호롱불에 의지해 왕비의 상세를 다시 살피고 있다.

최영은 방 안의 모습을 슬쩍 살피고는 좀 떨어진 곳으로 물러나 선 채 기다리고 있다. 왕이 결정을 내리지 못하고 있다. 왕이란 결정만 내리면 되는 존재 아닌가. 최영은 쓰게 생각한다.

왕은 문 앞에 선 채 더 들어가려 하지 않고 있다. 그 옆에 조일신이 붙어서 끊임없이 고하고 있다.

"장 어의가 누굽니까. 고려 최고의 실력자라는 의원입니다. 그런 장 어의가 못 살린다 하지 않습니까. 그러니 남은 건 하늘에 비는 수밖에요. 그 옛날 화타가 들어가셨다는 하늘문 앞에서 지성으로 비는 것입니다."

왕이 빈정거리며 묻는다.

"하늘에 빌면 살려준답니까?"

"빈다는 것이 중요한 것이옵니다. 우리 전하께서는 온 마음을 다해 하늘에 간구하셨다. 옆에서 보기에 참으로 비통하기 짝이 없더라. 삼 일 밤낮 곡기도 끊고 비시더라. 이런 말이 원에 들어가게 하는 것입지요."

"그렇게 해서라도 원의 노여움을 풀어보자?"

"고려를 위해섭니다, 전하."

왕이 잠시 말이 없다. 최영이 왕을 돌아본다. 잠시 눈앞의 허공을 보던 왕이 한숨을 쉬더니 드디어 명을 내린다.

"가서 준비하세요."

"망극하옵니다."

하고는 조일신이 쪼르르 달려간다. 최영이 벽에 기댔던 몸을 일으켜 문 앞까지 와서 장빈에게 묻는다.

"왕비마마 이동이 가능합니까?"

"불가합니다."

딱 자른 장빈의 대답에 최영은 왕을 향해 보고한다.

"부하들을 둘로 나누되 이쪽에 더 많이 남기겠습니다. 보아하니 놈들이 원하는 것은 왕비마마인 듯하니까요."

돌아서려는데 왕이 부른다.

"대장."

돌아보니 왕이 열려 있는 방문을 손수 닫는다. 은밀하게 얘기하자는 뜻이겠다. 최영은 반사적으로 귀찮······라고 생각한다. 왕과 은밀한 얘기 따위 하고 싶지 않다.

"고려의 개경에서 원의 연경까지는 참 먼 길이지요?"

"멀지요."

"그 먼 길, 나를 데리러 오면서 무슨 생각을 했습니까?"

"생각 같은 건 별로 안 하고 삽니다만."

하고 대답한 것은 최영의 노골적인 방어 자세였는데 왕은 집요하게 묻는다.

"나라는 왕, 어찌 생각하느냐고 묻는 겁니다."

왕의 질문에 최영은 잠깐 침묵한다. 그러면서 비로소 왕의 얼굴을 제대로 본다. 총명한 눈이 최영을 똑바로 보고 있다. 담담한 듯 질문을 해놓고 초조한 속내를 애써 감추고 있다. 더 어리셨던 선왕과는 전혀 다른 느낌의 얼굴이구나, 하고 생각한다. 선왕은 속생각을 감추지 못하셨다. 웃으면 반달눈이 되셨다. 금세 겁을 내셨고, 겁내는 것을 감추지 않으셨다. 이분은 다르다. 선왕보다 먼저 왕이었던 그자와

35

도 다른가?

"영명하시고 어지신 임금님을 맞이하여 만백성의 복이로구나, 하고 생각했습니다."

최영의 무뚝뚝한 대답에 왕은 말이 없다. 그저 최영을 보며 기다린다. 할 수 없이 묻는다.

"더 해야 합니까?"

"날 싫어하지요?"

"제가요?"

"처음부터…… 만나기도 전부터 내가 싫었지요?"

왕의 질문에 최영은 그만 웃는다.

"전하, 그러하다 대답드리면 신이 죽어야 됩니다."

그러나 왕은 포기하지 않는다.

"어째서 내가 싫은 겁니까? 그대의 왕인데."

최영은 속으로 젠장 하고 내뱉는다.

"마음에 있는 답을 하세요. 어명이라면 듣겠습니까?"

최영은 다시 왕을 본다. 왕은 똑바로 최영을 보고 있다. 비뚤어지지 않은 눈빛이다. 그 진심 어린 눈이 최영의 닫힌 마음을 조금 움직인다. 최영이 자세를 바로 하여 선다.

"선왕께선 열넷, 어린 나이셨습니다. 어려서 왕 노릇을 못 한다고 원에서 폐위를 해버렸지요."

"알아요."

"전하께서는 스물하나. 열넷이나 스물이나 어리긴 마찬가지라고 생각합니다. 게다가 전하께서는 열 살에 원에 건너가 거기서 자라신 분. 뼛속 깊이 원나라 물이 들었을 것이다. 그런 분을 모셔서 이 나라를 맡겨야 하다니, 우리 고려 백성들이 참 재수가 없구나, 라고도 생각합니다. 이상입니다."

이 정도면 벌컥 성을 낼 것이라 생각했는데 왕은 말이 없다. 최영이 슬쩍 보니 왕의 한 손이 옷자락을 세게 거머쥐고 있다. 그렇게 자제하는 왕을 보는 최영의 눈빛이 조금 부드러워진다. 왕이 잠긴 목소리로 묻는다.

"다들 그리 생각하겠지요? 고려의 백성들."

"십여 년 내에 벌써 다섯 번째 왕이시니까요. 백성들은 별로 관심도 없을 겁니다."

6척이 훌쩍 넘는 장신의 최영 앞에서 키가 작은 왕은 턱을 쳐들고 애써 내려다보듯 바라보더니 도도하게 고개를 끄덕인다.

"마음속의 말, 고맙소."

하더니 돌아선다. 걸어가는 왕을 보다가 최영이 불쑥 부른다.

"전하."

왕이 멈춰 돌아본다.

"그러니까 특별히 싫어하는 건 아닙니다."

잠시 최영을 바라보던 왕이 슬쩍 미소 짓는다. 최영도 싱 긋 웃어준다. 그래, 어차피 며칠만 더 모시면 되는 왕이다. 웃는 낯으로 그 며칠을 견디는 것도 괜찮겠지.

왕비가 있는 객잔에 남긴 인원은 열둘. 나머지 여섯을 부 장 충석과 함께 데려가기로 했다. 무슨 준비를 하는지 부산 한 조일신을 기다리며 최영은 곰곰 생각을 더듬어간다.

지난 스무 날에 걸친 여정에서 화적 떼 하나 만나지 않고 이동해왔다. 그만큼 주도면밀하게 살피며 왔는데 국경을 넘기 직전에 이 사달이 났다. 아이들 넷까지 잃었다.

적은 묵가의 살수들을 사서 보냈다. 일단 원나라는 아니 다. 원에서 왕비를 죽이려 들었으면 출발 전에 그리했을 것 이다. 묵가의 살수 수십 명을 살 돈이면 이 일행이 지닌 재 물보다 훨씬 더 들었을 터. 그러니 돈을 노린 것도 아니다. 결국 답은 하나다.

덕성 부원군 기철이다. 어째서? 이번 왕을 내세운 것은 기철의 누이 기황후라 들었는데. 아, 그래서 왕이 아니라 왕비였는가. 새로운 왕을 버릇을 들여 귀국하기 전에 고분 고분하게 만들려고? 원의 공주를 잃고 궁에 들어선 왕은 어떻게든 목숨 보전에 급급할 것이고, 그때 나타나서 보호 자연하며 왕을 자신의 무릎 아래로 들일 계획인가. 유치하고 단순하고 과감하다. 들켜도 상관없는 자라야 꾸밀 수 있는 짓이다.

최영은 이층 쪽을 올려다본다. 왕비가 죽은 것처럼 소란을 떨어볼 걸 그랬나. 그러면 놈들이 소기의 목적을 달성한 줄 알고 물러서 주었을까. 쓴웃음을 짓는다. 이런 얕은수는 늘 생각에서 머뭇거리다가 때를 놓치고, 생각만으로도 입맛이 쓰다.

최영이 손짓으로 주석을 부른다. 우달치 부대의 세 번째 서열. 내공을 뺀 검술만으로는 최영과 삼십 합도 능히 겨룰 만한 실력의 소유자다. 달려온 주석에게 그답지 않게 찬찬히 이른다.

"지붕에는 이인일조 감시만 둬라. 무슨 기미가 보이면 무조건 안으로 피하라 해서 희생을 막고. 이층 왕비마마의 방에 반을 집어넣고, 나머지는 이층 회랑에서 대기한다. 계단이 끊어졌으니 놈들도 올라오는 데 시간이 걸릴 것이야. 궁수를 이층 입구에 대기시키고."

"예, 알겠습니다."

"넌 왕비마마 침상 옆에 붙어 있어. 간자가 있어도 근접하지 못하게."

"예."

아직도 뭔가가 불안하다.

"놈들이 아까처럼 벽력탄이나 다른 요사한 방법을 쓸 수도 있다."

"그럼 어찌합니까?"

"알아서 버텨."

"예."

시원하게 대답한다 했더니 한마디 더 붙인다.

"오실 때까지는 버티겠습니다."

한소리 해주려는데 충석이 부른다.

"준비 끝났답니다."

조일신이 흥분해서 벌게진 얼굴로 입구에 서 있다.

천혈? 하늘로 통하는 문? 한숨이 나오려는 것을 참아 삼킨다. 저자는 그저 자신이 중심에서 관심받을 사건이 필요할 뿐이다. 그 때문에 적은 병력을 둘로 나눠 수비해야 하는 것이 언짢아 최영은 조일신을 외면한다.

표적이 될 것이 두려워 일체의 불빛도 없이 이동하기 시작했는데 마침 보름이었다. 속속들이 비춰드는 차가운 달빛 때문에 세상은 흑백으로 또렷하다.

조일신이 일행을 인도해 간 곳은 돌개바람이 모여들었던 바로 그곳이었다. 가까워질수록 최영은 마음이 무거워진다. 아까 몰려들었던 돌개바람들은 확실히 이곳을 목표로 했던 게 분명하다. 달빛이 비추고 있는 땅을 유심히 살핀다. 산길로 접어들자 무릎 높이보다 더 깊게 팬 바람 자국을 따라가는 꼴이 된다. 땅을 패며 모여든 몇 개의 흔적은 그 천혈이란 곳 주변으로 모여 멈춰져 있다. 모여든 바람들은 어디로 간 것일까.

천혈이란 것은 암벽의 중앙에 길게 파인 틈새 같은 것이었다. 길이는 최영의 키보다 약간 높은 듯했고, 어둠 속에서 그것이 얼마나 깊은지는 가늠할 수 없다. 그 앞에는 일종의 사당 같은 것이 만들어져 있었던 듯한데, 바람의 습격을 받아 돌로 만든 향로며 제단 같은 것들이 이리저리 뒹굴며 흩어져 있다.

조일신은 우달치 대원들과 내관을 함부로 부리며, 돌 제단을 제자리에 옮겨놓고 그 위에 비단을 깔고 향로를 놓아 향불을 붙이며 부산을 떨고 있다.

바람이 아직 남아 있다. 최영은 사방을 둘러본다. 남아 있는 바람이 꿈틀거리듯 요동을 치기 시작한다. 바람이란 원래 한곳에서 다른 곳으로 이동하여야 바람인 법인데, 어째서 이 자리에 멈추어 있는 것일까. 어떻게. 최영은 귀를 기울여 사방의 어둠 속에 혹여 있을 인기척을 들어보려 하다가 포기한다. 바람 소리만 점점 거세어지고 있다.

왕은 흩날리는 옷자락을 거머잡고 찌푸린 얼굴로 서 있다. 그 옆에서 조일신이 떠든다.

"저 천혈로 말씀드리자면 일천 년 전 화타께서 저리로 해서 하늘로 가셨다는 바로 그 문이올습니다. 그 하늘나라에서 화타께서는 많은 제자들을 길러내셨고. 삼백 년에 한 번씩 그 제자를 바로 저 하늘문을 통해 내려 보내신다는 말도 있습지요."

"저 틈새에 대고 기도를 하란 말이오?"

"그냥 틈이 아닙니다. 하늘로 통하는 하늘문이올습니다."

왕이 못마땅한 얼굴로 제단을 향해 걸어가려는데 최영이 그 앞을 막아선다. 날카롭게 명한다.

"밀착!"

여섯 명의 우달치가 재빨리 왕을 둘러싸며 자리를 잡는다. 충석이 왕의 한쪽을 맡고 최영이 그 앞을 맡는다.

모두가 놀라 바라보는 곳, 천혈이라 불린 그곳에서 빛이 새어나오고 있다. 아니다. 빛은 어딘가에서 새어나오는 것이 아니라 그 자리에서 스스로 형성되고 있다. 푸르고 흰 빛이 점점 진해지며 사방을 환하게 밝힌다. 마치 빛이 끓어오르고 있는 듯하다.

히에엑, 이상한 소리를 내며 왕의 옆, 우달치들 사이로 파고들었던 조일신이 비명처럼 외친다.

"하늘문입니다, 전하."

제단 위에 깔아두었던 비단보가 순간 바람에 휘말려 오르더니 그 빛의 중앙으로 빨려 들어간다.

"하늘문이 열렸습니다, 전하. 저리 가면 하늘의 화타를 만날 수 있사옵니다. 전하……."

최영이 어이가 없어 조일신을 돌아보았다가 그 옆의 왕의 기색을 살핀다. 왕은 홀린 듯 빛을 바라보고 있다. 조일신은 미친 듯이 외치고 있다.

"다녀오라 명하십시오. 가서 화타든 화타의 제자든 신의를 모셔오라 명하십시오. 전하. 빨리 하늘문이 닫히기 전에, 어서."

옆에 있던 충석이 불끈해서 조일신을 벌컥 밀어내며 한마디 한다.

"그리 잘 아는 분이 다녀오시든가."

조일신은 안 밀려나려고 충석을 부여잡고 버티며 떠든다.

"왕비마마를 살릴 수 있습니다. 전하. 하늘의 의원, 신의가 저기 있습니다요. 가라 하십시오. 데려오라 하십시오."

최영의 시선이 마침 돌아본 왕의 시선과 만난다. 최영은 왕에게서 간절한 마음을 읽는다. 왕이 머뭇거리며 입을 연다.

"저 말을 다 믿을 수는 없지만……."

말끝을 맺지 못하는 왕에게 최영이 말한다.

"명을 내리십시오."

"알아보기는 해야겠지요."

"다녀오겠습니다."

선뜻 돌아서는 최영을 향해 충석이 놀라 한 걸음 다가온다.

"대장."

"어명이라잖아."

말을 던지고 천혈, 그 빛을 향해 내딛는다. 옆에서 대만이 튀어나오는 게 감지된다. 한 팔을 뻗어 멈추게 하고 엄하게 노려본다. 대만이 울상이 되면서도 멈춘다.

끓고 있는 빛을 향해 걸어가며 어쩐지 최영은 묘하게 즐거워진다. 저것이 정말 여기가 아닌 다른 곳으로 가는 문이라면 좋을 것이다. 참 좋을 것이다. 생각을 하며 그 빛 안으로 성큼 들어섰을 때였다.

맹렬한 속도로 몸이 빨려 들어가기 시작했다. 숨이 터억 막히며 최영은 기를 쓰고 중심을 잡고자 애쓰다가 어느 순간 자신을 놓아버렸다. 가득한 빛이 너무 강렬하여 눈도 감아버린다. 이토록 강한 흡입 같은 이동이 끝없이 계속되는가 싶고, 이제 더는 숨을 참을 수 없어 질식하기 직전이다 싶었을 때, 무엇에서부터인가 왈칵 토해졌다.

2장
하늘 아래 하늘세상

여인은 정확하게 자신의 할 일을 알고 지시를 내려가며 치료를 하고
있다. 슬쩍 상처를 건너다봤더니 여인은 가느다란 핏줄을 바느질하
듯 봉합해간다. 어의 장빈이 보았으면 넋을 잃었을 것이다.

반사적으로 몸을 굴려 중심을 잡는데 갑자기 강한 빛이
번쩍 덮쳤다. 생각보다 먼저 몸이 튀듯이 움직여 옆의 나무
뒤로 숨어든다. 숨죽여 빛의 근원을 찾는다. 젊은 남녀 한
쌍이다. 둘 다 이상한 모양의 몸에 밀착된 옷을 입고 있다.
그중의 여인이 손에 작은 사각형의 물체를 잡고 이쪽을 겨
누며 말한다.
　"봤어? 봤지?"
　"뭘?"
　"저기……."
　하며 여인은 최영이 숨은 쪽을 가리킨다.
　"사람이 저 뒤로 날아갔다니깐. 진짜야. 봤다고. 이거 봐

46

봐. 내가 찍은 거."

여인이 사내에게 작은 사각 물체를 보여준다.

"뭘 찍었다는 거야. 아무것도 없구먼."

사내가 타박을 한다.

최영은 잠시 갈등한다. 저들은 하늘의 사람들일 것이다. 말이 통한다. 그렇다면 정중하게 청해보자. 최영이 마음을 다잡고 숨어 있던 나무 뒤에서 모습을 드러낸다. 한 손은 허리춤의 검에 올린 채. 방금 혈전을 치르고 왕비를 옮기느라 고스란히 피를 뒤집어쓴 상태로. 바람 속을 헤집고 와서 잔뜩 헝클어진 머리칼 아래 눈을 빛내며. 그렇게 나타난 최영을 남녀 한 쌍이 입을 딱 벌리고 보다가 여인이 먼저 소리를 내었다.

"우와!"

사내가 뒤를 이었다.

"짱이다."

최영이 경계를 늦추지 않으며 한 걸음 앞으로 나서는데, 여인이 손에 들었던 물체를 최영에게 들이대며 뭔가를 했다. 절컥 소리와 함께 엄청난 빛이 터졌다. 다음 순간 최영은 옆의 나무 뒤로, 그리고 그 뒤에 자리한 건물 뒤로 이동해버렸다. 전투 지역에서 쏟아지는 화살을 피하던 속도로.

잠시 더 최영을 찾아 헤매던 한 쌍이 실망을 하고 자리를 뜰 때까지 최영은 숨을 죽이고 숨어 있었다. 되도록 말썽을 피우지 말자. 소리 없이 하늘세상에 스며들어 화타의 제자 하나를 찾아 데리고 다시 돌아가면 된다. 그게 임무다 하고 생각하면서 최영은 움직이려 들지 않고 있다.

이곳도 보름이구나, 하면서 하늘을 본다. 땅의 그것과 비슷하게 생긴 보름달이 땅에서보다는 훨씬 흐린 빛으로 하늘에 걸려 있다. 별은 몇 개 보이지 않는다. 하늘세상은 하늘에 가까워서 대부분의 별들이 아래에 있는 것일까. 그래서 이 위로는 몇 개 안 보이는 것일까. 최영은 쉽게 이곳이 다른 세상임을 믿는다.

이곳은 다른 세상이다. 그가 숨 쉬며 버티던 그곳과는 다른 세상.

남을까, 돌아가지 말까, 하고 생각한다. 그저 생각해본다. 단지 다른 곳이라는 이유 하나만으로 남으면 어떻게 될까. 그러나 땅에도 속하지 못하던 자신을 이곳에서 보듬어 줄 리 있겠는가. 그리고 왕이, 우달치 아이들이 기다리고 있다. 그들이 기다리고 있을 천혈 앞의 지형을 되짚어 기억해본다. 적들이 습격을 한다면 뒤쪽으로부터겠지, 하고 생각을 잇다가 최영은 무거운 몸을 일으킨다.

퇴로를 먼저 확보하는 것은 기본. 숨어 있던 곳에서 나와 아까 자신을 토해낸 곳을 점검해본다. 그것은 엄청나게 큰 불상이었다. 흰 돌로 만들어진 불상의 아랫부분, 받침대인가. 그 부분 앞에서 어른거리는 것이 느껴진다. 저것이 자신이 통과해온 문일 것이다. 땅의 그것처럼 찬연하게 끓어오르는 빛의 소용돌이는 아니었다. 그저 일그러진 공기처럼 느껴지는 그것은 마치 불상 쪽에서 뿜어내는 기운처럼 보인다. 아까 한 쌍의 남녀는 이 기운을 보지 못했는가.

의아해하며 돌아서다가 최영은 멈춘다. 숨이 절로 멈추어졌다. 순간 다리맥이 빠지는 듯해서 버티고 선다. 언덕 밑, 저 앞에 보이는 장관을 어찌 설명할까. 어두운 하늘 아래 빛으로 만들어진 거대한 구조물들이 하늘을 향해 뻗어오르고 있다. 하나 둘…….

뭐야 저거. 최영이 저도 모르게 그쪽으로 방향을 잡아 걷는다. 애써 정신을 차리며 주위를 살펴 다른 이의 눈에 띌 것을 조심하면서도 마음이 계속 후들거리고 있다. 뭐야 저거. 그곳에 가까워질수록 정체를 알 수 없는 소음이 점차 커져간다. 뭐야. 이것들은 도대체.

엄청난 소음이 가득 찬 곳과의 사이를 키 높이의 담장이 막아서 있다. 조심스레 담을 만져본다. 돌은 돌인데 처음 느껴보는 재질이다. 단단하겠다. 담장 위에 두 손을 걸치고 가볍게 몸을 날려 오른다.

담장 너머로 떨어져 내리는 순간 최영은 충격에 자칫 주

49

저앉을 뻔했다. 대신 재빨리 몸을 뒤로 날려 담장을 등지고 선다. 사방에서 쇠로 만든 마차들이 엄청난 굉음을 내며 달려들고 있다. 달려드는 듯이 보였는데 그것들은 최영의 앞을 좌우로 지나쳐 달려가고 있다. 말도 없이 저 혼자 움직이는 마차들이다. 투명한 마차의 창문 안에는 하늘사람들이 타고 있어서 그것들이 마차라고 생각한다. 순간, 저만치에서 더 엄청난 소리를 내며 무언가가 달려왔다.

최영이 더는 버티지 못하고 순간적으로 담을 도로 타 넘는다. 담 너머로 눈만 내놓고 보았더니 그것은 이상한 괴물의 머리를 한 것이 타고 있는 쇠로 만든 말이었다. 쇠로 만든 말에는 다리 대신 바퀴가 두 개 달려 있다. 하늘에는 사람만 사는 것이 아니었다.

최영은 저도 모르게 진기를 몸 안에 돌린다. 그렇게 겨우 심기를 안정시키자 세상이 좀 더 넓게 보였다.

바로 앞은 넓은 길이라는 것도 인식되었다. 그 넓은 길 위로 각종 마차와 말들이 셀 수 없이 가득 이동하고 있다. 모든 것들은 각각 자신의 빛을 내뿜으며 앞을 밝히고 있고, 그 모든 것에는 사람과 사람 비슷한 것들이 들어앉거나 올라타서 조종하고 있다. 그 넓은 길 너머에 하늘로 치솟은 구조물들이 가득 늘어서 있다. 각 구조물들은 빛을 내뿜는 무수히 많은 사각 구멍을 지니고 있다.

이 안에서 화타의 제자를 찾을 일이 아득하게 느껴진다. 어쩐다. 뒤를 돌아본다. 담 밖과는 달리 이 안은 나름대로 조용하다. 불상을 보아하니 경내인가? 그렇다면 승려가 있을 수도 있다. 하늘세상의 스님이라면 공력도 높을 터. 땅의 존재를 보아도 일단은 용납해줄지 모른다.

있었다. 경내의 곳곳을 지나는 승려들은 승려임을 확실히 알 수 있는 복장과 머리 모양을 하고 있다. 공중에 떠 있는 발광체들로 대낮처럼 훤한 경내에서, 어둠 속으로만 이동하면서 최영은 적당한 상대를 찾는다. 이윽고 혼자 걸어오는 나이 지긋한 승려가 눈에 띈다. 그를 조심스레 따른다. 이 승려 역시 손에 작은 물체를 들고 있다. 저 물체도 아까의 그것처럼 강한 빛을 내겠지만 해를 끼치지는 않는 듯하다. 아마 상대를 확인하기 위해 빛을 쏘아내는 기능이라 추측한다. 노승은 그 작은 물체에 대고 뭔가 이야기를 하고 있다. 최영이 가끔 애마 주홍에게 말을 건네는 것처럼.

주위의 인적이 드문 지점에서 최영이 노승 앞에 나섰다. 합장을 하여 예를 갖춘다. 노승은 반사적으로 두 손을 모으면서 놀란 눈으로 최영의 위아래를 살핀다.

"스님."

불렀는데 대답도 없다.

"저는 땅의 세상에서 온 최영이라 합니다."

"땅이요?"

"감히 와선 안 될 곳에 왔다는 거 압니다만, 도와주십시오."

말을 하면서 최영은 노승의 기색을 세밀하게 살핀다. 노승은 갑자기 주위를 두리번거린다. 도움을 청하려는 것인가. 소리를 지르면 제압을 해야 하나. 고민스러운데 노승이 순한 얼굴로 묻는다.

"무엇을 도와드릴까요?"

"신의를 찾고 있습니다."

"신의?"

"화타의 제자들이 이곳에 산다 들었습니다만."

"화타? 아아, 의사요?"

"예, 병을 고치는 분이요."

"의사라 해도 전공이 다 다르잖아요. 내과, 외과, 산부인과, 치과…… 어디에 문제가 있는데요?"

노승의 친절한 물음에 최영이 얼른 왕비의 상세를 기억하며 목의 옆에서 얼굴까지를 세로 모양으로 그어 보인다.

"이쪽 부분입니다."

"그쪽이면…… 아아, 성형외과."

노승이 알았다는 듯이 고개를 끄덕인다.

"어디 계신지 아십니까?"

"성형외과 의사야 많지요. 여기가 강남인데."

"그냥 의사가 아닙니다. 신의를 찾는데……."

"유명한 분을 찾으시는가 보네."

노승이 밝게 웃으며 고개를 끄덕인다.

"아아, 아까 내가 현수막을 봤어요. 코엑스에서 성형외과 무슨 모임이 있다던데. 거기 가면 그쪽 유명한 의사들 많을 겁니다."

"코……."

최영이 낯선 단어를 힘들어하자 노승은 웃으며 한 번 더 말해준다.

"코엑스요."

"그 방향이 어느 쪽인지 여쭈어도 되겠습니까?"

피칠을 한 자가 묻는 것이라 혹시 경계할까 우려했는데 노승은 쉽게 손을 뻗어 방향을 일러준다.

"이쪽으로 가면 나와요. 가면 보일 거예요. 현수막이 엄청 크던데."

노승이 가리킨 방향을 보고 최영은 잠깐 난감해진다. 좀 전에 도망치듯 물러섰던 바로 그 방향이다. 노승에게 솔직히 고한다.

"그쪽이면 좀 전에 가봤습니다. 그런데 거길 어찌 가면 되겠습니까?"

노승이 최영을 멀뚱히 보다가 답을 준다.

"그냥 가면 되는데요."

아. 최영은 죽비로 한 대 맞은 기분이 된다.

"그냥…… 가면 된다. 과연……."

고개를 깊이 숙인다.

"가르침 감사합니다."

최영이 선뜻 돌아서 그 방향을 향한다. 뒤에서 노승이 말하는 소리가 들린다. 자신에게 하는 소리인가 해서 돌아보았더니 노승은 그 작은 물체에 대고 말을 하고 있다.

"우리 경내에서 몰래카메라 찍나 봐요. 드라마 찍는 거면 내가 알았을 텐데. 스님도 몰랐지요? 여보세요, 여…… 아까부터 전화가 왜 이래."

사방 공중에 떠 있는 불빛들이 지직 하고 불안한 소리를 내며 껌벅인다. 땅의 존재가 지나가는 것을 감지하는 것인가. 최영은 신경이 쓰이지만 발걸음을 늦추지 않는다.

다시 그 담장이다. 최영은 신발 끈을 조여 매고 검집을 매단 허리띠를 한 번 더 단단히 맨다. 머리끈을 풀어 머리칼을 뒤로 훑어 다시 맨다. 단전으로 숨을 돌려 진기를 가늠해본다.

죽음이 두려웠던 것이 아니라 모르는 것에게 이유도 모른 채 죽는 것이 싫었던 것이다. 그 또한 헛된 허영이다. 죽음은 공평하다. 누구에게든 어떤 모습으로 죽든. 열여섯 살 이후로 늘 보아오지 않았던가. 그러니 가야 할 길은 그냥 가면 된다.

한결 가벼워진 마음으로 담장을 훌쩍 뛰어넘는다. 여전한 굉음과 쇠마차들이 홍수에 넘치는 물처럼 밀려오고 밀려간다. 아까 미처 보지 못했던 것들이 이제 보인다. 하늘에 떠 있는 커다란 그림이 움직이고 있다. 그림이 움직인다. 최영은 싱긋 웃기까지 한다. 스스로에게 들려주듯 소리내어 말한다.

"그냥 간다."

그리고 그 넓은 대로를 건너기 시작했다. 사방에서 쇠마차들이 요란한 소리를 내며 멈추어 서고, 누군가는 소리를 지르고 욕을 해댄다. 그러나 최영은 속도를 일정하게 멈춤 없이 걸어간다. 한 손은 검에 얹었다. 누군가 공격해오기 전에 먼저 공격하지는 않을 생각이다. 그리고 걷는다. 한 걸음 한 걸음.

길을 건넜다. 다시 길이 이어진다. 이제는 묘한 모양새의 옷을 입은 사람들의 홍수다. 작은 물체들로 빛을 쏘아대고, 최영을 힐끗거리고, 저희끼리 손가락질을 해댄다. 하늘사람들은 최영의 이질감을 누구나 아는 듯하다.

최영은 누구와도 눈을 마주치지 않으려 애쓴다. 그래도 온 감각을 다 세워 사방의 느낌을 파악한다. 놀라움의 파장이 느껴지지만, 간혹 웃는 느낌도 전해지지만, 아직 적의는 감지되지 않는다. 두려워하는 이도 없다. 하늘사람들은 전투에는 익숙하지 않은 자들인가 싶다. 곁눈으로 살펴본 바 누구도 무기를 지니지 않았다. 이곳에 오래 있어선 안 되겠다는 생각을 한다. 이렇게 장검을 지니고 피를 뒤집어쓴 자가 있을 곳이 아니다. 사방을 두리번거리며 노승이 말했던 신의의 흔적을 어서 찾으려 한다. 그리고 찾았다.

바로 앞에 거대한 벽보가 붙어 있었다. 알 수 없는 하늘 글자들 사이로 그가 읽을 수 있는 글자가 있다. 醫學, 醫師라는 글자가 큼직하게 들어온다.

시선을 돌리자 바로 옆 건물의 입구 앞에도 비슷한 것이 걸려 있다. 하늘로 치솟아 있던 구조물은 집이었다. 무수한 사람들이 그 안으로 들락거리고 있다.

제30차 국제 성형외과의학회
제10차 대한 성형외과의사회

第三十次 國際 成形外科醫學會
第十次 大韓 成形外科醫師會

30th International Meeting of Aesthetic Plastic Surgery

10th Korean Association of Plastic and Reconstructive
Surgeons

컨퍼런스 홀 옆에는 의료기기 전시장이 열리고 있었다. 들어가려면 미리 준비한 출입증이 있거나, 로비에 마련된 부스에서 칠천 원을 내고 입장권을 사야 했다. 전시장으로 들어서는 입구에는 여직원이 출입증이나 입장권을 확인하며 사람들을 들이고 있었다. 그 여직원이 어머, 하면서 본다. 거기 사람들의 술렁임 속을 최영이 걸어온다. 부스 옆에 세워진 포스터의 글자를 확인하고는 입구 쪽으로 곧장 온다. 통과하려는 최영에게 여직원이 당황해서 말을 건다.

"입장권 있어야 되는데요."

최영은 그 말을 알아들을 수가 없어 멈칫한다. 그때 웬 사내가 짜증 난 얼굴로 다가온다. 적의와 비슷한 느낌이다. 최영은 감지한다.

"뭡니까?"

사내는 최영의 아래위를 훑어보더니 허, 웃는다. 최영은 그를 피해 안으로 들어가기로 한다. 그런데 사내가 최영의 팔을 잡아당긴다.

"어이, 이봐."

최영이 사내의 팔목을 쳐내며 사내의 중심을 흐트러뜨린다. 무술이라고는 평생 흉내도 못 내본 자다. 비틀거리는 사내를 잡아 슬쩍 돌려 밀쳐내고는 그 틈에 안으로 들어간다.

참으로 많은 사람들이다. 기묘한 옷들은 둘째 치고, 온갖 사람들이 내는 갖가지 냄새들이 최영을 숨 막히게 한다. 훗날 하늘나라를 기억한다면, 끊임없이 머릿속을 윙윙거리며 채우는 굉음과 이 정체를 알 수 없는 냄새들을 기억할 것 같다고 생각한다.

사람들 대부분이 최영을 돌아보았다. 그중에는 웃는 이들이 많다. 하늘사람에게 땅의 존재는 공포가 아니라 웃음거리일 수 있겠다고 최영은 순순히 받아들인다. 그리고 다시 읽을 수 있는 글자를 발견한다. 그 글자는 어느 문 앞에 붙여져 있었다.

切開. 封合. 再生.

장빈은 왕비 목의 혈맥이 끊어졌고, 그것을 다시 이어야 한다고 했다. 그러면 봉합. 그 후에는 재생.

성형수술 – 절개와 봉합 그리고 재생의 역사

成形手術 − 切開, 封合, 再生之歷史

Cosmetic Surgery - The history of incision, suture and regeneration

하늘에도 지키는 병사들이 있으려나. 있겠지. 나 같은 침입자들이 있을 것이니. 이제쯤에는 누군가 하늘병사들에게 자신의 존재를 알렸을 것이다. 어서 진행하자.

최영은 그 문을 연다. 순간, 낭랑한 목소리가 후욱 밀려들었다.

"1970년대에 주로 사용되었던 주름살 제거술의 원조. subcutaneous lift. 흔히 말하는 안면거상술입니다. 이렇게 귀의 위쪽 두피 부분에서 귀의 앞쪽까지를 절개한 다음, 피하층에서부터 분리된 피부를 잡아당긴 뒤에, 여분의 피부를 제거하는 수술이죠."

뒤로 문을 닫고 조심스레 걸어 들어간다. 수십 명의 사람들이 한곳을 보며 앉아 있다. 그들이 보는 앞쪽. 커다란 방의 앞면을 가득 채우는 그것은 또다시 움직이는 그림이다. 그림 속에서 누군가의 부상을 치료하고 있다. 얼굴의 한쪽 부분이 베인 환자다. 베인 부분이 왕비의 그것과 흡사하다. 그러면…… 하다가 최영은 멈춘다.

움직이는 그림 앞에 선 여인이 순간 최영의 시선을 가득 채운다. 이 낭랑한 목소리는 여인의 것이었는가. 그 목소리마저 잦아든다. 저 움직이는 그림은 여인의 솜씨인가. 여인의 손짓에 따라 그림은 살아 움직이고 다른 그림으로 넘어간다. 그 손짓도 희미해진다. 이제 여인의 눈만 남는다. 의식의 한쪽 끝에서 사람들이 하나둘씩 자신을 돌아보는 것을 느낀다. 이제 여인이 최영을 본다. 똑바로 본다. 맑고 맑은 눈이 의아해한다. 최영은 숨을 죽이고 그 눈을 마주 본다.

그래서 하늘의 병사들이 몰려와 최영을 끌어낼 때도 최영은 아무런 저항도 하지 않았다. 좀 더, 놓치지 않고 그 눈을 본다. 방에서 끌려 나가고 그 방문이 닫히고 그 여인의 눈이 사라졌을 때 최영은 비로소 숨을 제대로 쉰다. 그리고 그 이유를 추측해본다. 아무래도 그 여인이 최영의 목표인 듯하다. 그래서였을 것이다.

비슷한 기억이 있다. 태백산맥의 능선을 따라 혼자 야행을 할 때였다. 하룻밤 만에 강릉의 바닷가에 도착해야 했다. 전해야 할 중요한 전갈이 있었다. 그 전갈이 뭐였는지는 잊었다. 나이 열여덟이었나. 그때 진행해 가던 길의 앞에 서 있는 그것을 보았다. 어두운 초승 달빛 아래 그것, 호랑이는 최영을 물끄러미 보았다. 세상이 다 잦아들고 오직 그놈과 자신만 남았다. 열 보쯤 떨어진 곳에 있는 그놈의 눈빛만 세상을 가득 채웠다. 그때도 숨이 멎었었다. 최영은 스스로를 나무라 생각하며 버텼다. 나는 나무다. 그러니 너도 그리 생각해다오. 그 호랑이가 먼저 몸을 돌려 가던 길을 갔다. 그놈은 능선을 가로지르는 중이었다.

그때와 비슷한가? 아니다. 그것과는 다르다.

하늘의 병사들은 최영을 어떤 방, 아까보다는 훨씬 작은 방에 넣었다. 책상과 의자들, 그리고 알 수 없는 물체들이 가득한 방이었다. 병사들이 가리키는 의자에 앉아 최영은 계속 생각한다.

스승을 처음 만나던 날 그 마당에서 느꼈던 것이 더 비슷하려나.

열세 살이었다. 늦은 밤에 아버지께서 노비를 보내 부르셨다. 그날은 달도 없었다. 캄캄한 마당을 가로질러 사랑채에 도착했을 때, 어둠 속에서 최영은 멈춰 섰다. 왠지 앞으로 나가지지가 않았다. 불빛이 새어나오는 사랑채의 장지문을 숨을 멈추고 우두커니 바라보고 서 있었다. 얼마나 지났을까. 문이 열리더니 스승이 최영을 바라보았다. 마치 거기 서 있는 것을 벌써 알고 있었다는 듯, 어둠 속의 최영을 똑바로 보았다. 호롱 불빛에 드러났던 스승의 눈빛과 비슷했나. 그래. 그날 그분은 아직 스승이 아니었지.

상념이 꼬리를 물어서 최영은 고개를 번쩍 들어 떨친다.

이 느낌이 무엇인지는 나중에 더 생각할 시간이 있을 것이다. 다만 그 여인이 의원이라면 제대로 만난 목표인 것이 맞다. 이러한 감은 틀려본 적이 별로 없다.

아까 입구에서 만났던 사내가 예의 짜증스러운 표정으로 다가온다. 우선 이자를 상대해야 될 듯싶다. 무술도 모르는 사내를 어찌 상대해야 할 것인지 난감해진다.

은수의 세미나 발표는 도중에 난입한 자 때문에 어수선하게 끝이 났다. 나름대로 애써 준비했던 것인데. 휴대전화 저편의 친구에게 하소연하며 화장실로 들어선다.

"아, 몰라. 완전 재수 없어. 무슨 엑스트라 같은 게 하나 발표장에 뛰어들어 가지고 깽판 치질 않나. 오늘 나 왜 이러니."

가방 안에서 물병을 찾아내고 아스피린 병에서 두 알을 꺼내 삼킨다.

"아침부터 머리통은 빠개지지. 오 박사, 그 쪼잔한 영감탱이는 사내새끼 제자들만 끼고 돌지. 나 진짜 더러워서 못해먹겠다. 두고 보라 그래, 앞으로 삼 년이면 나도 강남에 내 이름 걸고 내 병원 개업할 거니까. 그래서 말인데. 너 내 병원에 투자 안 할래? 야, 이 계집애야. 돈 많은 집에 시집

갔잖아. 돈 좀 써."

친구는 헬스장 갈 시간이라며 호들갑스러운 목소리를 내더니 전화를 끊어버린다. 관자놀이가 지끈거리기 시작한다. 두통이 시작되면 안 되는데. 자칫 편두통이 한번 시작되면 이 박 삼 일 지속될 수 있다. 심하면 변기통을 붙잡고 앉아 토하며 앓는다. 아무리 조심해도 두어 달에 한 번은 그랬다. 생각나는 모든 검사를 해봤지만 뇌에도 혈액에도 아무 문제가 발견되지 않았다.

검사를 맡아준 선배는 심드렁하니 말했다.

"운동을 해. 그리고 연애를 해."

화장실 거울에 비친 자신의 얼굴을 유심히 바라본다. 지난주에 충동적으로 염색한 붉은 머리 때문에 얼굴색이 오히려 더 창백해 보인다. 두통이 시작되면 안 되는데.

문득 아까의 엑스트라가 생각난다. 정확하게는 그 눈이 생각난다. 희한하다. 그렇게 우스꽝스러운 복장을 하고 나타난 자의 그 우스꽝스러운 복장보다는 그 먼 거리에서 잠깐 보았던 눈이 더 기억에 남다니. 또 지끈. 머리가 옥죄어 온다. 이것이 더 진행되면 드릴로 들들 뚫기 시작하고, 어떤 옅은 빛이나 작은 소리에도 해머로 뇌를 치는 듯한 고통을 불러일으키는 지경에 이른다. 두통이 시작되면 안 되는데.

그 눈이 참 깊었다. 은수의 얼굴이 아니라 안을 들여다보는 듯한 눈이었다. 무슨 소리를 하고 있는 거야? 은수는 머리를 흔들며 생각을 떨친다. 그런데 이 근처에서 무슨 영화를 찍고 있나? 복장을 보아하니 사극인 거 같다. 엑스트라 하나가 길을 잃고 헤매다가 세미나실로 들어온 것일까. 아무리 헤매도 그렇지. 그 세계와 이 세계는 전혀 다른 곳인데. 차가운 물을 틀어 손을 식힌다. 차가워진 손으로 목덜미를 주무르고 관자놀이를 누른다. 두통이 시작되면 안 되는데. 할 일이 너무 많은데.

의료 기구 전시장을 향해 가는 길에 설치된 벽걸이 텔레비전에서 뉴스가 방영되고 있었다. 잠깐 멈춰서 본다. 태양의 흑점 폭발이 있다고 한다.

"현재 태양 흑점 폭발에 따른 4단계 경보가 발령된 상태입니다. 전파연구소에 따르면 오후 6시 현재, 피해 상황은 보고되지 않았지만 국내 일부 항공기가 우주 폭풍의 영향을 많이 받는 북극 항로를 우회해 운항하고 있다고 합니다."

늘 천문학에의 유혹이 있었다. 어려서부터 하늘의 별만 보면 가슴이 뛰었다. 대학 때는 두어 번 천문학과 학생들을 따라 천문대 순례를 하기도 했다. 망원경을 통해 하늘의 별을 보고 있으면 어쩐지 몽롱하게 취하는 기분이 들었다. 망원경을 통해 쑤욱 빠져나가 그 별까지 한숨에 가고 싶었다.

그럴 수 있을 것만 같았다.

물론 취미였다. 절대 돈이 될 수 없는 장래 비전 제로의
취미.

그 사내는 최영의 앞에 오더니 책상에 비딱하게 걸터앉
았다.

"어느 회사에서 홍보 나온 겁니까?"

최영은 그 사내의 뒤에 더 관심이 있다. 그 뒤의 벽면에
는 무수히 작은 투명창문들이 있고, 그 각각의 창문은 다른
방으로 통하는 듯 그 방의 모습들이 보이고 있다. 어떤 원
리인지 감이 오지 않는다.

"이보세요, 소속이 어디냐고. 출입증은 있고?"

순간, 최영이 작은 투명창문 중의 하나에 집중한다. 그
창문 뒤에 그 여인이 있다. 그 여인이 걸어온다. 최영은 벌
떡 일어나 창문 앞으로 다가선다. 그 여인이 멈춰 서서 뭔
가를 보고 있다. 최영은 창문을 열고 그 뒤로 들어갈 방법
을 찾는다. 뒤에서 사내가 성을 낸다.

"어이, 사람 말 안 들려?"

"이쪽으로 어떻게 하면 들어갈 수 있습니까?"

"뭐요?"

"이 안으로 들어가야겠습니다. 이거 좀 열어주십시오."

최영이 정중하게 부탁을 했으나 사내는 더 성을 낸다. 저 뒤에서 제복을 입은 병사들이 웃는다. 최영은 창문의 옆쪽과 뒤쪽을 더듬어본다. 여는 방법을 알 수가 없다. 사내가 성큼 다가온다.

"당신 지금 장난해? 우리가 그렇게 한가해 보여?"

최영이 사내를 돌아본다. 다가선 사내가 최영의 갑옷을 손가락으로 쿡쿡 찌른다. 최영은 참는다.

"이 꼬라지는 뭐고? 응? 이건 뭐야. 제법 피 같은데? 근데 당신, 어느 회사 알바생인지 모르겠는데 이러고 돌아다니려면 먼저 우리 허락을 받았어야지. 그리고 이건 또 뭐야."

사내가 최영의 검을 잡으려 한다. 생각보다 먼저 손이 나가 사내의 손목을 잡아챈다. 대체 어찌 돼먹은 자이기에 남의 무기에 이리 함부로 손을 대는가. 사내가 아프다고 새된 소리를 낸다.

"아, 아아, 이거 안 놔?"

사내가 손목을 빼내겠다고 무리하게 힘을 쓰기에 최영은 그 힘을 이용해 밀쳐버린다. 사내가 요란한 소리를 내며 책상에 부딪히고는 나가 넘어진다. 허둥지둥 일어선 사내가 확실한 적의로 최영을 노려본다.

"당신 지금 나 폭행했어. 이거 벌써 두 번째야."

허리춤에서 뭔가를 뽑아 든다. 겉보기에는 그저 몽둥이 같은데 그 기능을 알 수가 없다. 최영이 어쩔 수 없이 검을 빼든다. 죽이지는 말자. 적의는 있으나 살기는 없는 상대다.

병사들이 저희끼리 떠든다.

"저거 진짜야?"

"에이, 설마."

최영은 다시 작은 창문들을 본다. 그 여인이 창문에서 보이는 각도를 벗어나고 있다. 마음이 조급해진다. 사내가 떠들고 있다.

"전화해. 경찰 불러. 미친놈 하나가 학회장에 난입. 경비 폭행, 기물 파손, 그리고 그거. 불법 무기 소지."

몽둥이를 까딱거리며 다가선다. 최영이 슬쩍 칼을 휘둘러 그 몽둥이를 가른다. 두 동강이 나서 반 토막이 땅에 떨어져 구른다. 잠시 정적이 흐르더니 사내가 손에 들었던 나머지 반 토막을 떨어뜨림과 동시에 누가 먼저랄 것이 없이 모두 일제히 밖으로 도망쳐버린다. 최영이 다시 창문들을 돌아본다. 이제 어느 창문에서도 그 여인은 보이지 않는다.

경기가 안 좋긴 안 좋은가 봐. 은수는 의료 기구 전시장을 둘러보며 그런 생각을 한다. 예전 같으면 샘플이라며 여기저기 부스에서 뭔가를 잔뜩 쥐여주었을 텐데, 올해는 그렇게 잡는 손길이 별로 없다.

루페를 전시한 부스 앞에서 멈춘다. 영업사원이 재빨리 은수에게 루페 하나를 보여준다.

"루페도 명품 쓰셔야 각이 살죠. 이 제품 한번 보세요. 2.5배 배율은 기본이고요. 이게 초경량 합금 재질로 테를 만들어서요. 얼마나 가볍냐 하면 우리 선생님들이 수술하고 나서 벗는 걸 잊어버리세요. 그냥 집에까지 쓰고 간다니까요. 그리고 여기 가운데 보시면 이게 LED 램프⋯⋯."

떠들던 영업사원이 은수의 뒤쪽을 보며 입을 헤벌린다.

"와아, 요즘은 영업도 참 스페셜하게 하네."

은수도 뒤를 돌아본다. 그자다. 세미나실에 들어왔던 엑스트라가 사람들 저쪽에 서 있다. 여기서도 역시 오가는 사람들의 시선을 끌고 있다. 누구를 찾는 것인지 두리번거리던 그자의 시선이 은수에게서 딱 멎는다. 영업사원이 감탄을 한다.

"저거 분장한 거 봐라."

"저러고 영업하는 거예요? 무슨 엑스트란 줄 알았는데."

대꾸해주며 은수가 루페에 다시 관심을 쏟는데 영업사원은 그쪽에서 시선을 떼지 못한다.

"어라, 이쪽으로 오는데요."

은수가 돌아보았더니 그자는 은수 쪽을 똑바로 보며 걸어오고 있다. 은수는 당황스러운 마음에 뒤를 둘러본다. 내가 아니겠지. 내 뒤의 다른 누군가를 향해 오는 거겠지. 그러나 그자는 바로 은수 앞에 멈춰 서더니 말을 건네온다.

"급한 환자가 있습니다."

"……그런데요?"

"우리 의원의 말로는 목의 혈맥이 반쯤 끊어졌다 합니다. 살릴 수 있겠습니까?"

은수의 가슴이 뛰기 시작했다. 바로 앞까지 다가와 선 그자에게서 피 냄새가 난다. 외과의로 시작했던 은수는 피 냄새라면 진저리 날 만큼 잘 알고 있다. 이자에게서 피 냄새가 난다. 슬쩍 사내의 옷을 살핀다. 저기 묻어서 말라버린 흔적들이 피인가. 설마. 불안한 마음을 감추려고 괜히 퉁명스레 대꾸한다.

"그걸 왜 저한테 물어요?"

"살릴 수 있습니까?"

아무런 감정이 실리지 않은 목소리로 그자가 재차 묻는다. 은수가 옆을 돌아본다. 영업사원이 입을 벌리고 구경하고 있다. 기대는 마음으로 영업사원에게 말을 건넨다. 피 냄새를 풍기는 남자가 은수를 너무나 불안하게 한다. 피하고 싶다.

"이분 좀 이상한 거 같지 않아요?"

영업사원은 히죽거리며 대꾸한다.

"제가 보기엔 작업 거시는 거 같은데요."

"이거 브로슈어 좀 보내줄 수 있어요?"

"아유 그러믄요. 병원 주소를 알려주시면 제가 직접 달려가서……."

영업사원이 대답은 은수에게 하면서 시선은 그자에게 두고 있다가 말을 멈춘다. 은수도 할 수 없이 돌아본다. 그자가 자신의 뒤를 돌아보고 있다. 건물 경비들이 경찰들을 이끌고 오고 있다.

아까의 사내가 더 많은 병사들을 데리고 오고 있다. 이번에는 무술을 좀 하는 병사들인가. 다른 제복을 입은 자들이 보인다. 사내가 최영을 발견하더니 소리를 지른다.

"저놈입니다. 저기."

가까이 붙기 전에 기세를 보여 시간을 버는 게 낫겠다 싶어서 최영은 검을 스릉 빼 든다.

"저거요. 저거 진짜 칼이라니까."

최영이 옆의 진열대를 겨냥해 검을 크게 휘두른다. 진열대가 반 동강이 나면서 무너져 내린다. 주위의 사람들이 기겁을 해서 도망치기 시작한다. 병사들만이 어쩔 줄 모르며 남는데 두세 걸음 뒤로 물러서고 있다. 그 걸음걸이를 보고 최영은 판단한다. 이자들 역시 무술은 익히지 못한 자들이다. 병사 하나가 최영을 향해 소리 지른다.

"이봐요. 그거 내려놔요. 내려놓으시고."

최영이 잘라낸 진열대 반쪽을 짚어 뒤로 훅 밀어 보낸다. 밀려간 진열대가 막 도망치려던 그 여인의 앞을 정확하게 가로막는다. 최영이 여인에게 다가서며 다시 묻는다.

"아까 말씀드린 환자, 살릴 수 있겠습니까?"

여인이 최영을 본다. 모든 감정이 다 드러나는 눈이다. 여인이 겁을 내고 있다. 더듬거리며 대꾸한다.

"환자를 봐야…… 봐야 알죠. 어딜 얼마나 다쳤는지."

하긴 그렇다. 최영이 고개를 끄덕이고 뒤를 돌아본다. 아까의 그 사내가 보인다. 최영을 가리키며 뭐라 떠들다가 최영과 시선이 마주친다.

아무리 감이 틀린 적이 별로 없다 하지만 이 여인이 과연 왕비를 살릴 만한 신의일지는 확인을 해봐야겠다. 이 하늘 세상은 실수를 했다고 해서 다시 다녀갈 수 있는 곳이 아니다. 지금부터 내가 하는 짓에 하늘세상이 벌을 내린다면, 받겠다.

사내를 향해 걸어가기 시작한다. 그 사내의 옆에 있던 병사들이 주춤거리며 뒤로 물러난다. 사내가 최영을 향해 뭔가를 집어던지기 시작한다.

"오지 마. 저리 가, 가."

사내가 던지는 것 중에는 흉기가 될 만한 쇠붙이들도 있다. 최영이 고개를 약간 기울여 피하거나 검으로 쳐내며 사내에게 도착한다. 동시에 검으로 사내의 목덜미를 긋는다. 왕비의 상처를 기억하며 거의 그대로의 깊이를 유지하려 공을 들인다.

최영의 귀검은 머리카락도 뼈도 찰나에 갈라내는 아이다. 고통조차 느끼지 못한 사내가 멀뚱히 서 있다가 서서히 무너졌다. 무너지는 사내를 받으며 그 귓가에 말해준다.

"그러게 왜 자꾸 따라옵니까?"

사내를 어깨에 둘러멘다. 최영의 어깨를 타고 흘러내리는 피를 누가 보았는지 비명 소리가 들린다. 흘러내리는 핏자국을 내며 뒤로 돌아 걸어간다. 옆의 진열대 위를 한 손으로 밀어내 자리를 만들고 사내를 눕힌다.

여인은 그새 또 도망을 치려 했는지 저만치 떨어져 있다. 겁이 나서 다리맥이 풀린 것인가. 그리 멀리도 못 갔다. 성큼성큼 다가가 잡아온다. 사내의 상처를 보이며 묻는다.

"딱 이런 모양으로 검에 베였습니다. 깊이도 이 정도였습니다. 살릴 수 있겠습니까?"

묻다가 최영이 멈칫한다. 여인의 눈에 눈물이 맺혀 있다. 여인의 눈이 최영의 뒤를 헤맨다. 최영이 뒤를 돌아본다. 거기는 난리가 났다. 병사들이 다른 일반 사람들을 밖으로 몰아내고 있다. 들판처럼 커다란 방이 순식간에 비워지고 있다. 최영이 다시 여인을 본다. 여인이 거칠게 눈물을 닦아내며 환자를 내려다본다.

부상자는 경정맥이 반쯤 절단된 상태다. 이건 위급 상황이다. 은수는 소리 지른다.

"구급차. 119 불러요. 어서!"

하고 뒤를 돌아보는데 거기 그자가 칼을 뻗치고 서 있다. 그 칼은 옆에서 웅크린 채 덜덜 떨고 있는 영업사원의 목을 향하고 있다.

"그자를 살리지 못하면 이자로 한 번 더 해보겠습니다."

"나더러 살리라고요? 이 환자를 지금 여기서?"

"시간이 없습니다. 시작하십시오."

그자는 마치 로봇 같다. 말투도 이상하거니와 표정에서도 어조에서도 아무런 감정을 느낄 수가 없다. 더 이상 실랑이를 해봤자 소용없다고 판단한 은수가 머리를 뒤로 넘겨 묶으면서 주위를 둘러본다.

의료 기구 전시장이다. 헤드램프 전시 부스에 다른 수술 도구들이 있을 것이다. 움직이려는 은수를 그자가 막아선다. 은수가 저도 모르게 그를 옆으로 밀친다. 시간이 없는 건 이쪽이다.

"비켜요. 도구가 필요하니까."

아미 리트랙터(army retractor)를 두 개 잡아챈다. 혈관을 잡으려면 클램프가 있어야지. 베슬 클램프(vessel clamp), 봉합사, 니들 홀더(needle holder), 슈처 포셉(suture forcep), 시저(scissor). 머릿속에 정돈되어 있는 순서를 생각하면서 미친 듯이 쓸어 잡는다.

의료용품 부스로 달린다. 서지컬 글러브 한 박스와 거즈 봉지, 생리식염수, 베타딘 용액을 집어 들고 돌아서다가 그자와 부딪힐 뻔한다. 그는 내내 뒤를 따라온 모양이다. 다시 한 번 밀어젖히려는데 이번엔 그가 알아서 먼저 피해준다. 환자에게 달려간다.

생리식염수를 상처에 들이붓는다. 소량의 베타딘 용액을 붓고 수술 도구에도 끼얹는다. 이것으로 소독을 대신한다. 거즈 봉지를 뜯어서 거즈를 한쪽에 둔다. 마스크와 글러브를 착용하면서 상처를 살펴본다. 환자는 이미 의식이 없다. 다행이다. 마취 없이 가도 되겠다. 문제는 어두운 조명. 수술대의 조명이 필요하다. 영업사원에게 소리친다.

"루페."

그러나 영업사원은 한 뭉치 빨랫감처럼 웅크리고 앉아 뭔가를 중얼거리고 있다. 기도라도 올리는 것인가. 그자와 시선이 마주친다.

"도움이 필요해요. 저 사람 좀……."

로봇 같은 그는 재빨리 상황을 판단한다. 영업사원에게 다가가더니 상체를 기울여 말한다.

"저자가 죽으면 다음은 그대의 목을 베어 시험할 겁니다."

영업사원이 벌렁벌렁 은수에게 기어온다. 은수가 빠르게 요청한다.

"루페 좀 씌워줘요."

영업사원이 재빨리 자신의 상품이기도 한 루페를 은수에게 씌워주고 불을 켠다.

"아미."

영업사원이 울상을 하고 은수를 본다.

"의료 기기 영업하는 분이 아미 몰라요?"

영업사원이 반은 혼이 나간 얼굴로 아미를 집으려 한다. 은수가 저도 모르게 앙칼지게 소리 지른다.

"글러브 끼고! 아무리 상황이 지랄이라도 맨손으로 뭐 하는 거야!"

영업사원이 진짜로 훌쩍거리며 울면서 수술용 장갑을 낀
다. 은수가 빠르게 다음 지시를 내린다.

"아미로 벌려줄 테니까 잡아줘요. 시야 확보하게. 식염수
준비해주고. 수술 시야 정리하게 중간 중간 뿌려주세요."

최영은 이마에서 빛을 내는 여인을 새삼 다시 본다. 설마
신의가 여인일까, 했던 의구심은 단박에 사라졌다. 사내인
자가 두려움에 질질 짜고 있는데, 여인은 정확하게 자신의
할 일을 알고 지시를 내려가며 치료를 하고 있다. 슬쩍 상
처를 건너다봤더니 여인은 가느다란 핏줄을 바느질하듯 봉
합해간다. 어의 장빈이 보았으면 넋을 잃었을 것이다. 옆에
주저앉아 구경하느라고 땅의 세상 따위는 잊어버릴 수도
있다.

그러나 최영은 봉합되어가는 핏줄보다는 여인에게 시선
이 간다. 여인의 머리는 붉은색이다. 빛나는 물체 아래 두
눈을 본다. 기억에 남아 있는 그 눈이 맞다. 가까이서 보니
더욱 신기한 눈이다, 하고 생각하는데 웅웅거리는 소리가
들린다.

이어서 누군가 말한다. 재빨리 주위를 둘러보았지만 말

소리가 들릴 만한 거리에는 아무도 없는데 주변의 공간을 다 채우듯 커다랗게 들린다. 누군가 음공을 쓰는 것인가.

"강남 경찰서 오상섭 경위입니다. 안에 상황이 어떻습니까? 누구 대답해주실 분이 계십니까?"

여인이 고개를 든다. 최영과 시선이 마주친다. 묵묵히 마주 보았더니 여인은 다시 치료에 전념한다. 호들갑 떨지 않는 여인에 감사하며 최영은 몇 걸음 걸어 나와 주위의 상황을 살핀다. 소리는 계속되고 있다.

"안에 전화 연결하겠습니다. 받아서 대화에 응해주시기 바랍니다. 전화 겁니다."

최영이 저만치에 자리한 커다란 문을 본다. 닫혀 있는 문 아래 틈새를 놓치지 않는다. 그 틈새로 빠르게 지나가는 사내들의 발이 보인다. 지나가는 발걸음이 분명히 훈련받은 자들이다. 수는, 많다.

여인은 아무래도 이 세상에서 지위가 꽤 높은 모양이다. 이렇듯 빠른 시간에 이렇게 많은 병사들이 파견되었다니. 고려에서라면 왕족이나 되어야 이런 관심을 받을 것이다.

순간, 최영이 긴장하며 발검 자세를 취한다. 어디선가 요란한 소리가 나고 있다. 그 소리는 벽에 걸린 작은 물체에서 나온다. 음공이 맞다. 물체를 매개로 하는 음공에 대하여 들은 적이 있다. 그 소리를 더 견디지 못하고 최영은 검을 빼어 양단해버린다. 물체는 반으로 동강이 나 바닥에 떨어지더니 겨우 조용해진다. 여인을 돌아본다. 이 요란한 음공의 공격 속에서 여인은 흔들림 없이 치료를 계속하고 있다.

건물 경비실이 그대로 작전상황실이 되었다. 오 경위는 모니터에 비치고 있는 전시장 내부를 보며 전화로 보고를 하고 있다.

"인질은 여자 하나, 남자 하나 보입니다. 목격자 말에 따르면 여기 경비 중 하나가 범인 칼에 중상을 입은 상태라는데요."

모니터에 은수와 영업사원의 모습은 귀퉁이에 작게 보이기 때문에 그들이 무엇을 하는지는 알 수가 없다. 모니터 바로 앞으로 무사복을 입은 최영이 지나간다.

"아무래도 인질범이 정신이상자 같습니다. 협상 전문가는 언제 도착합니까? 부상자도 있고요. 시간 끌면 이거 아주 안 좋은데요."

은수는 이제 마지막 피부 봉합을 하고 있었다. 성형 시술이라면 1센티미터에 9 내지 10포인트 정도로 봉합을 하겠지만, 응급 상황이다. 대충 1센티미터에 3포인트로 잡는다. 나중에 흉터 때문에 항의를 해온다면 해줄 말이 많다. 마지막 매듭을 짓고 습관처럼 말한다.

"컷."

영업사원이 가위로 컷을 해준다. 그의 얼굴이 금방이라도 토할 것처럼 허옇다. 은수는 수술 부위에 멸균 테이프를 붙이고 한숨을 쉰다. 할 만큼 했다. 이 말도 안 되는 상황에서 할 수 있는 건 다 했다. 고개를 들자 그자는 빤히 자신을 보고 있다가 다가선다. 손을 슥 뻗더니 환자의 경동맥을 짚어본다.

"이 사내, 살아난 겁니까?"

"아직 경과를 더 봐야 되고, 항생제도 투여해야……."

은수의 말을 자르며 영업사원이 끼어든다. 기절 직전이었던 얼굴이 삶에 대한 욕구로 다시 살아나고 있다.

"살았습니다. 보세요. 호흡도 좋고요. 수술은 완전 성공이라고요. 그렇죠? 선생님, 말씀해주세요. 완전 성공이라고……."

그자는 옆 진열대에 깔려 있는 테이블보를 확 빼더니 은수가 사용했던 의료 도구들을 훑어 담는다. 옆에 두었던 은수의 가방도 쓸어 담는다. 그러면서 은수에게 말한다.

"저와 함께 가주셔야겠습니다."

"저요? 아우, 왜요."

"살려야 될 분이 계셔서요."

"저기요. 저는 이거 외과 쪽은 전공 놓은 지 오래됐고요. 그리고……."

"모시는 길이 좀 험해질지 모르겠습니다."

그는 은수의 말 따위는 아예 들을 생각이 없다. 둘둘 만 보자기를 등에 대각선으로 둘러매더니 은수에게 명령을 한다.

"제 뒤를 따라오십시오."

은수가 애원한다.

"이보세요. 아저씨. 저는요."

"떨어지지 않게, 바짝."

하더니 그가 입구 쪽으로 걸어간다. 은수는 뒷걸음질을 친다. 도망가야 한다. 경찰들이 왔을 때 저자에게서 멀리 있어야 한다. 자칫 어영부영하다간 인질이 되어 재수 없게 죽어버릴 수도 있다. 영화에서 엑스트라들은 다 그렇게 죽는다. 나는 적어도 이 세상의 엑스트라는 아니라고 생각했지만 그건 내 생각이었을 뿐.

은수는 필사적으로 사방을 두리번거리며 도망갈 곳을 찾는다. 몇 걸음이나 갔을까. 누군가의 손이 은수의 뒷덜미를 잡아챈다. 그자다. 은수의 뒷덜미 옷깃을 잡은 채 밀어가며 걷는다.

"따라오십시오, 하면 좀 조신하게 따라와주면 피차 얼마나 편합니까."

질질 밀려가며 은수는 설득을 해보려고 애쓴다.

"이러고 어딜 가요. 밖에 경찰이 좍 깔렸을 텐데. 어떻게 어디로 나가려고요."

그자가 은수를 돌아본다. 은수의 눈에는 그자가 슬쩍 웃는 것처럼 보인다.

"정면 돌파."

그러더니 비어 있는 한 손을 뻗어 전시용 냉장고를 짚는다.

최영은 한 손으로 여인의 뒷덜미를 단단히 잡은 채 다른 한 손에 진기를 모은다. 손으로 모여든 진기가 지직거리며 뇌성(雷性)을 띤다. 짐작했던 대로 사각의 길쭉한 상자는 쇠의 성질을 갖고 있어서 최영이 일으킨 뇌의 힘을 쉽게 받아들인다. 단지 상자에 힘을 실을 생각이었는데, 그 상자에 어떤 길이 연결되어 있었던 것인지 느닷없이 사방의 불이 파밧거리며 요동을 치기 시작한다. 그렇게 힘이 실린 상자를 냅다 밀쳐낸다. 상자에 달려 있던 기다란 줄이 퍽 소리를 내며 빠지더니 상자는 빠른 속도로 입구를 향해 밀려간다.

전시장 입구 밖의 복도에는 경찰기동대가 달려와 자리를 잡고 있었다. 원래는 이 건물 주변에서 시위가 열릴 것이라는 정보에 의해 옆 골목에서 대기 중이었다. 비상사태라고 해서 달려와 전시장 입구 앞쪽을 확보하기는 했으나, 안에서 어떤 상황이 벌어지고 있는지 아직 정확하게 파악이 안된 상태였다. 인질극이 벌어지고 있다는 것이 현재 알고 있는 정보의 전부였다.

그래서 입구 문이 박차지듯 열리며 냉장고 하나가 벌컥 밀쳐 나왔을 때 그들의 지휘관은 잠깐 판단 정지 상태가 된다. 냉장고의 진로에 있던 전경 중의 몇이 깔릴 뻔해서 겨우 옆으로 비켜섰을 때, 안에서 범인이 튀어나왔다. 그는 인질인 여인을 한 손에 끌어 잡고 다른 손으로 가장 앞에 있던 전경의 방패를 간단히 뺏어 든다. 그 방패를 무기 삼아 닥치는 대로 후려치고 휘둘러 길을 열며 진행해간다.

나중에 지휘관은 이렇게 보고를 했다.

"어떻게 손을 쓸 수가 없었습니다. 그자는 인질인 여성을 방패처럼 사용했습니다. 그 여성을 밀어내거나 잡아채거나 그러고 있어서 우린 공격을 할 수가 없었다니까요. 그리고 우리한테 뺏은 방패를 무기처럼 사용하는데 이건 뭐 방어가 안 되었습니다. 방패 한번 휘두르면 우리 애들이 하나씩 나가떨어지더란 말입니다."

범인은 인질을 단 한 번도 손에서 떼놓지 않은 채 열네 명의 전경을 유유히 헤치고 순식간에 긴 복도를 지나 사라졌다.

지하 주차장 쪽에서 달려 올라온 것은 3호 버스의 대원들이었다. 그들의 지휘관은 무전기에서 다급하게 외치는 소리를 들었다.

"범인이 동쪽 출입구 쪽으로 이동하고 있다. 여성 인질이 잡혀 있다. 반복한다."

지휘관은 재빨리 대원들을 재촉하여 정면 쪽으로 달려갔다. 무전기에서는 상황실에서 떠드는 소리가 계속 들리고 있다.

"문 닫아. 전기 내려. 클로즈 하라고!"

동쪽 출구 앞 로비에 도착했을 때 지휘관은 범인을 보았다. 그자는 넓은 통유리 문 앞에 서 있었다. 한 손으로는 인질로 보이는 젊은 여성의 뒷덜미를 잡은 채. 유리문들은 상황실의 조종으로 잠금장치가 되어 있는 듯했다. 범인은 잠긴 유리문 안쪽에 고립되어 있다.

범인이 뒤를 돌아본다. 젊은 사내다. 사극 복장을 하고 있다. 정신질환자로 추정된다고 했다. 지휘관은 대원들을 재빨리 산개시켜 뒤로 통하는 모든 통로를 차단시키며 무전기로 보고한다.

"범인 위치 확보했고. 놈이 가진 무기는 칼 같은데."

칼은 진검이고 그것을 사용하여 피해자 하나를 중상 입혔다는 대답이 돌아왔다. 이른바 묻지마 범죄로 추정된다는 설명도 뒤따랐다. 버스에서 자다가 끌려 나온 지휘관은 기분이 좋지가 않다. 미친놈 하나 때문에 버스 두 대의 전경이 다 동원되었다. 무전기에 대고 묻는다.

"어째? 덮쳐?"

은수도 뒤를 돌아본다. 거기 전경들이 십수 명 달려와 진을 치고 있다. 저자들이 설마 나를 이자와 한패로 보는 건 아니겠지. 이자를 잡는다고 전경들이 전부 달려드는 거 아냐? 그럼 와중에 나도 다치는 거 아냐? 무남독녀로 자라 학교에서 손바닥 맞은 거 외에는 이제까지 부모에게 엉덩이 한번 맞지 않았다. 은수는 폭력에 대해선 아무런 경험이 없다. 몰라서 더 무섭다. 제 뒷덜미를 잡은 자를 돌아보며 애원한다.

"아저씨, 자수하세요."

그렇게 애원하는 은수를 최영은 물끄러미 내려다본다.

아까의 병사들은 방망이 외에는 무기를 꺼내지 않았다. 뒤에 포진하고 있는 병사들도 그렇다. 아무래도 이 여인이 다칠까 우려하는 듯했다. 그러나 상대 병사들의 수가 점점 더 늘어나고 있다. 앞의 거대한 투명창으로 보이는 바깥세상에도 적들이 몰려오고 있다. 앞으로 달려와 멈춰 서는 쇠마차들이 빨강 파랑의 불빛들을 위협적으로 쏘아댄다. 눈이 멀 것 같다.

이 여인을 이렇게 끌고 어디까지 갈 수 있을까. 여인의 몸을 아래위로 훑어 살펴본다. 가녀린 몸매로 봐서는 그다지 무거울 거 같지 않다. 아직 한 손에 들고 있는 방패를 내려다본다. 당분간 갖고 있기로 한다. 가볍고 단단한 것이 무기 대용으로 아주 좋았다. 검은 되도록 빼 들지 말자. 저들이 먼저 빼기 전에는.

여인에게 일단 양해를 구한다.

"잠시……."

"자수해요……."

"실례하겠습니다."

"뭐가요."

겁에 질려 되묻는 여인을 그대로 어깨 위로 둘러멘다.

"엄마야!"

여인이 놀라 매달린다. 최영은 성큼성큼 걸어가 거대한

투명창 앞에 선다. 이것은 창이 아니라 벽이다. 여는 곳이 없다. 처음에는 이렇듯 반대편이 비치는 벽을 이해하지 못했다. 벽 저편에서 최영을 알아본 자들이 당황하며 자신을 손가락질한다. 얼마나 단단할지는 알 수가 없다.

손에 든 방패에 진기를 모은다. 쇠가 아닌 재질이 처음에는 뇌의 힘을 거부하더니 그 전체에 기가 한꺼번에 돌기 시작했다. 그 방패를 들어 모든 힘을 집중하여 유리벽을 터엉 때린다. 잠시 아무 일이 없는 것처럼 보이던 강화유리문이 다음 순간 산산조각이 나며 부서져 내린다.

그 앞을 막아서 있던 전경이며 경찰들이 믿기지 않는 광경에 놀라 당황한다. 그들을 향해 은수를 둘러맨 최영이 달려간다.

최영의 진로에 서 있던 순찰차 앞의 경찰 둘이 놀라서 양옆으로 몸을 던져 피하는 순간, 최영은 그 순찰차 위로 뛰어오른다. 그러더니 그 뒤에 주차해 있던 자동차 지붕 몇 개를 우그러뜨리며 이동해 사라져버렸다.

이 상황을 지켜봤던 순찰차의 오 순경은 나중에 이렇게 보고했다.

"인질인 여자 있잖아요. 그 여자를 이렇게 어깨에 둘러메고요. 한 손에는 전경 방패 들고요. 완전 가볍게 날아갔습니다. 아니, 그냥 날개 달고 날아간 게 아니고요. 나는 것처럼 그렇게 가볍게 빠르게 막 이렇게 뿅뿅 점프해 가지고 갔다고요. 봉은사 쪽으로요. 아니, 어떻게 막습니까? 차 지붕에서 지붕으로 막 점프해서 가는데 그걸 어떻게 막아요."

그자의 어깨에 짐짝처럼 둘러메어진 은수는 처음엔 어떻게든 내려보려고 했다. 그러나 그자가 달리기 시작했을 때쯤에는 제가 더 필사적으로 그자에게 매달렸다. 그렇게 빠르게, 넓은 왕복 팔차선 도로를 가로질러 건넜다. 그냥 건넌 것이 아니라 차의 지붕 위로 뛰어오르고 내리며 달렸다.

그러더니 은수를 담 위로 올려 앉혔다. 묶었던 머리칼은 이제 산발이 되어 흐트러지고 있다. 정신을 못 차리고 좌우를 둘러보는데 어느새 담을 넘어간 그자가 다시 은수를 잡아채어 어깨에 둘러멨다. 은수는 그자의 딱딱한 갑옷에 배와 가슴이 눌려 컥컥대며 다시 또 매달려야 했다.

사내가 달린다. 다시 손에 잡히는 옷자락. 딱딱한 가죽 재질의 갑옷이었는데 그것을 부여잡는다. 사내는 가파른 언덕길을 전혀 속도를 늦추는 법 없이 달려 오른다. 시간이 지나 말라가는 피 냄새가 가득하다. 사내에게서 나는 냄새다.

은수는 어떻게든 고개를 들어 지금 가고 있는 곳을 살펴보고자 한다. 아니다. 눈을 감는 것이 낫겠다. 영화에서는 그랬다. 인질로 잡혔을 경우 인질범의 얼굴을 보지 말라고.

그래서 은수는 사내가 은수를 내려놓았을 때 눈을 감으려고 했다. 그러나 은수를 내려놓는 사내의 손길은 조심스러웠고, 바로 앞에서 자신을 들여다보는 사내의 눈빛은 더할 수 없이 정중해서 은수는 눈을 감는 걸 잊었다.

사내가 은수의 뒤쪽을 가리켰다.

"그쪽으로 들어가시면 됩니다."

가리키는 쪽을 돌아보았으나 그것은 돌로 된 구조물이었을 뿐 문 같은 건 보이지 않았다. 눈앞의 광경이 심하게 일그러지고 어른거린다. 내가 눈물을 흘리며 울고 있나보다. 이자는 날 죽일 생각이다.

"살려주세요."

은수는 자존심이고 체면이고 다 던지고 애원한다.

"원하는 게 뭔지 가르쳐주시면 다 할게요. 우리 집에 돈은 별로 없고요. 내가 오피스텔이 하나 있거든요. 그거 다 줄 수 있는데……."

은수의 눈앞에서 이자는 아무런 망설임 없이 한 남자의 목을 칼로 베었다. 그자를 둘러메고 오더니―그래, 방금 날 그렇게 한 것처럼―살려보라고 했다. 표정 하나 흔들리지 않았다. 이자는, 사이코패스다. 사람의 감정이 뭔지도 모르고 사람을 죽여도 죄책감도 못 느끼는 미친놈에게 걸린 거다. 대체 내가 뭘 잘못했기에! 은수는 비틀거리며 뒤로 물러선다.

"살려주세요."

그자가 그만큼 다가서며 말한다.

"안 죽입니다. 그분만 살려주시면 다시 돌려보내줄 거니까."

은수는 더 물러난다. 그러면서 그자가 가리킨 곳으로 다가간다는 것은 의식하지 못하고 있다. 그자는 그런 은수를 몰듯이 또 다가선다. 은수가 또 물러선다.

"거짓말. 내가 아저씨 얼굴을 봤잖아요. 납치범이 얼굴을 보면 죽인다고…… 영화에서 봤는데. 그래서 내가 다 아는데……."

왈칵 울음이 솟구친다. 한번 솟구쳐나온 울음은 통제가 안 되어 은수는 흐느낀다.

그렇게 우는 여인 때문에 최영은 마음이 불편해진다. 마치 아이처럼 여인이 운다. 그 눈에 가득하던 눈물이 주룩 흐르고 또 금방 새로운 눈물로 가득해진다. 그런 눈으로 최영을 간절하게 보고 있다.

최영이 저도 모르게 여인에게 말했다. 정말이다. 그렇게 말할 생각은 절대 없었는데 말이 먼저 나왔다.

"난 고려 무사 최영이라 합니다. 무사의 이름으로, 내 목숨을 걸고 다시 돌려보내드리겠습니다. 언약합니다."

최영이 더 다가섰더니 물러서려던 여인이 중심을 잃고 비틀거리며 넘어지려 한다. 그런 여인의 허리를 감아 안아 잡는다.

순간, 그들은 함께 천혈로 빨려 들어갔다.

은수는 처음에 높은 곳에서 추락하는 줄 알았다. 비명을 지르며 감았던 눈을 떴는데 세상은 강한 빛으로 가득하고 속을 게울 것 같은 현기증으로 숨이 막혀왔다. 다시 눈을 감는다.

내가 기절을 했구나. 평생 한 번도 기절 같은 건 해본 적 없는 은수가 생각한다. 누군가 강하게 자신의 허리를 감아 안아주었다고 느낀다. 내가 기절을 한 거야. 죽을 듯한 공포 속에서 자신을 안아준 이의 품 안으로 파고들며 매달린다. 딱딱하고 피 냄새가 난다. 추락이 너무 길다.

3장

하늘세상에서 온 의원

최영은 왼쪽 어깨에 얹혔던 무게를 기억해낸다. 여인을 둘러메었을
때의 그 무게. 그리고 그 냄새. 사람에게서 어찌 그런 냄새가 났을
까. 하늘사람이어서 그런가. 기억하고 있는 어떤 꽃과 비슷한 냄새
였다. 그게 어떤 꽃인지는 모르겠다.

왕비가 된 그 여인이 목에서 피를 뿜으며 무너지던 모습을 왕은 바로 앞에서 똑똑히 보았다. 그 이후로 계속 심장한 부분이 푸들거리며 떨리고 있다. 아무리 정신을 차려도 어느새 그 장면이 눈앞에서 어른거리며 반복되어 보였다. 왕인 자신을 향해 오던 그 자객이 돌아서던 순간, 그자의 칼이 왕비를 향하던 순간, 그리고 왕비가 목에서 피를 뿜으며 무너지던 순간. 이 떨림만 아니었으면 이런 허튼짓은 귓등으로도 듣지 않았을 것이다. 대장에게 그처럼 속내를 들켜가며 부탁하지도 않았을 것이다.

　왕이 머뭇거리며,

　"저 말을 다 믿을 수는 없지만……."

하고 말끝을 흐리자 우달치 대장은 도움의 손길을 내밀 듯 말했다.

"명을 내리십시오."

그래도 왕은 지엄한 명을 내리지 못하고 물었다.

"알아보기는 해야겠지요."

"다녀오겠습니다."

그러더니 대장은 바로 돌아섰다. 한순간도 머뭇거리지 않았다. 머뭇거리는 왕을 더는 보아줄 수 없다는 듯이.

대장이 데려온 우달치 대원들이 술렁였다. 하늘세상이라고 말은 하지만 저 요사스럽게 빛나는 것 안에 무엇이 있는지 어찌 아는가. 들어갈 수는 있는지, 들어가면 어디로 가는지, 가면 돌아올 수는 있는지 대장은 그 어떤 것도 짚어볼 생각조차 안 했다. 왕인 자신이 명을 내리자 대장인 그가 서슴없이 그 빛의 소용돌이를 향해 걸어간다. 그 부하들이 말리려 하는 것을 눈빛만으로 제압하고 혼자 간다.

대장과 함께했던 지난 한 달 동안 몇 번이고 찾아왔던 그 익숙한 통증을 느낀다. 반은 질투이고 반은 소유욕이다.

왕족으로 태어나 왕족으로 이십 년을 살면서 한 번도 가져보지 못한 위엄을 저자는 갖고 있다. 훈련으로 만들어낸 것이 아니라 스스로 의식조차 안 하는 무심함에서 나오는 위엄이었다. 그런 자가 최측근 호위대장이라니 든든하다,

하고 생각하면서도 어쩔 수 없이 질투심이 끓었다. 그래서 갖고 싶었다. 명색만의 호위대장이 아니라 그런 자의 마음까지 갖고 싶다.

대장이 빛의 구덩이로 다가선 순간, 한 번에 터져 나온 강렬한 빛에 왕은 그가 어디로 어떻게 사라졌는지 제대로 보지 못했다.

그리고 대장은 사라졌다.

대만이라고 했던가. 늘 짐승 같은 눈매와 몸짓으로 대장을 따르던 아이가 빛 구덩이를 향해 달려가려다 부장에게 잡힌다. 아이가 으르렁대듯이 대든다.

"따라갈 겁니다. 대…… 대장 혼자 못 보냅니다."

"대장 말을 뭐로 들은 거야. 따라오지 말라잖아. 우린 전하를 지킨다. 돌배."

"예."

"앞서 가라. 대만이하고 객잔 가는 길을 정찰해."

"알겠습니다."

"이놈 끌고 가."

부장이 잡고 있던 대만을 돌배라는 대원에게 밀쳐내더니 왕에게 와서 고한다.

"이곳에 오래 있을 수가 없습니다. 객잔으로 모시겠습니다."

그렇게 말하는 부장의 눈길이 곱지가 않다고 왕은 느낀다. 저희가 따르는 대장을 알 수 없는 사지로 몰아낸 왕에 대한 눈길이구나, 하고 왕은 지레짐작한다. 그래서 그런 말이 나왔는가.

"기다리겠다."

"전하, 여긴 위험합니다. 일단 돌아가셔서……."

"어차피 삼 일 밤낮을 기도하러 온 거 아닌가. 그 모양을 보여줘야지. 그러니 대장을 여기서 기다리겠다고."

"그건 대장이 있을 때의 얘깁니다. 전하, 대장 없이 우리만으로는 삼 일은커녕 이 밤도 지켜드릴 자신이 없습니다."

부장은 재고의 여지가 없다는 듯 끊는다. 그런 부장의 태도가 언짢아서 뭐라 한마디 하려는데 대만이란 아이가 소리쳤다.

"저거 왜 저래!"

빛 구덩이가 일렁이고 있다. 마치 끓어넘치듯 한다. 부장이 대뜸 소리 지른다.

"밀착!"

우달치들이 왕을 빈틈없이 에워싼다. 조일신이 괴성 같은 신음을 내며 그 안으로 파고들려고 애쓴다.

"뒤로 일 보, 일 보."

부장의 구령에 따라 한 걸음씩 뒤로 물러서는데 빛 구덩이가 폭발한다. 폭발하는 듯이 보였다. 부장이 왕을 감싸 안다시피 하여 자세를 낮춘다. 거센 바람이 빛 안에서부터 몰아쳐 나와 모두를 긴장시키더니 금세 잠잠해졌다. 그리고 왕은 자신을 에워싼 대원들 틈으로 보았다. 그 빛 안에서 걸어 나오는 그림자.

"대장?"

왕이 속삭임과 동시에 대원들도 저마다 한마디씩 부른다. 대장!

대장이었다. 그는 한 팔에 웬 여인을 감싸 안고 다른 손에는 이상한 방패 모양의 것을 들고 있다. 왕은 자신을 둘러싼 대원들을 헤치며 앞으로 나선다. 다들 대장의 등장에 놀라고 있어서 왕을 제지할 생각을 못 한다.

대장 자신도 믿지 못하는 듯 주위를 둘러보다가 왕을 보더니 여인을 놓고 자세를 바로 한다.

"전하, 모시고 왔습니다. 하늘의 의원이십니다."

하며 옆의 여인을 가리킨다. 그 여인은 금방이라도 쓰러질 듯한 얼굴로 이쪽을 둘러보더니 돌아서 도망치려 한다. 대장이 익숙하게 팔을 뻗쳐 그 여인의 등덜미를 잡으며 왕에게 묻는다.

"왕비마마께서는 아직 괜찮으십니까?"

모두 일순 답을 못 한다. 대장이 빛으로 들어갔다가 다시 나온 것은 거의 한순간에 지나지 않았다.

　사이코패스에겐 한패가 있었다. 하나같이 사극 복장을 한 그 패거리를 보면서 은수는 아득해진다. 그냥 인질이 아니라 납치를 당했다. 도대체 왜 내가!

　대체 얼마나 오래 기절을 했던 것일까. 마지막으로 기억이 나는 건 봉은사 뒷산이었다. 어디를 어떻게 얼마나 끌려왔으면 여기 산속에서 깨어날 수가 있는가. 머릿속이 뒤엉킨 실타래같이 되어서 넋을 잃은 상태로, 그 사이코패스의 패거리들에게 둘러싸여 밤의 산길을 정신없이 걸었다.

　지난달 할부로 사들인 10센티미터 굽의 하이힐을 신고 있었다. 땅이 여기저기 깊이 패어서 몇 번이나 넘어질 뻔했는데 그때마다 바로 옆에서 걷고 있던 사이코가 은수의 팔뚝을 잡아 지탱해주었다. 나중에는 아예 손을 떼려고 하지 않는다. 거의 질질 끌려가는 모양새가 된다. 사이코는 은수 몸무게의 상당 부분을 한 손으로 지탱해야 했을 것인데 전혀 힘겨운 기색도 없고 걷는 속도도 줄지 않았다. 이따금 은수를 돌아본다. 도망치려는지 감시하는 것처럼.

　은수는 도망갈 생각은 하지도 못했다. 주위를 둘러싼 사내들에게서 동물의 냄새가 났다. 피 냄새도 섞여 있다. 그래, 이건 꿈이야. 꿈에서도 후각이 작동을 하는가? 은수는 이것이 꿈이라고 생각하려고 애쓴다. 꿈이라고 생각하면 그나마 납득이 된다. 그래, 이건 꿈이 맞아.

속이 메슥거리며 거의 토할 지경이 되었을 즈음에 사이코는 어느 커다란 집으로 은수를 밀어 넣었다. 구석구석 밝혀진 불은 사극에서나 보았던 호롱불이었다. 은수의 등 뒤로 나무 문이 닫히는 소리가 커다랗게 울렸다. 사이코가 은수를 다시 계단 앞쪽으로 밀었다. 원래는 계단이 있었던 곳 같은데 지금은 널빤지를 기울여 이어놓았다. 공사 중인 세트장 같다.

아, 세트장. 은수는 주위를 둘러본다. 사극 복장. 세트장. 아아.

그러나 사이코는 은수가 더 생각할 여유를 주지 않고 위로 밀어 올렸다. 넘어질 뻔하면서 간신히 도착한 곳은 이층의 구석방. 방 안은 역시 어두운 호롱불 조명. 구석의 침대에 누군가가 누워 있고, 그 옆에는 사극 복장의 사내와 여인들이 있었다.

침대 옆에 있던 키가 크고 머리가 긴 사내가 사이코에게 묻는다.

"이분이 하늘에서 오신 의원이시라고요?"

"똑같은 검상을 입은 자를 살려내는 걸 확인했습니다. 이것들을 사용합디다."

사이코는 등에 메고 온 보자기를 내려 풀어놓는다. 은수의 가방이 거기 보인다. 저 가방 안에 휴대전화가 있다. 어떻게 꺼내지? 아무래도 저놈들 몰래 꺼내야 할 텐데. 눈치를 보니 모두가 자신을 빤히 보고 있다.

긴 머리가 묻는다.

"뭐 하십니까?"

은수는 긴장 때문에 갈라진 목소리로 되묻는다.

"저요?"

"목에 검상을 입으신 지 두 식경이 되어가십니다."

하며 긴 머리가 가리키는 곳은 침상 위에 누워 있는 여인이다. 어쩌라고.

"기혈을 잡아 출혈을 가까스로 줄여놓았습니다만 이미 많은 피를 흘리셨습니다. 혈맥이 반쯤 잘려 나가셨고요. 자칫 기의 교란이 생길까 두려워 더 이상의 조치를 취하지 못했습니다. 어찌하면 좋겠습니까?"

멍하니 보다가 되묻는다.

"뭐가…… 뭐라고요?"

"혈맥이 끊긴 부분은 천유와 예풍 사이 지점입니다. 소부에 사법으로 침을 놓고. 천료에는……."

은수가 저도 모르게 손뼉을 딱 친다.

"알았어요. 이제 알겠네."

좋아. 당당하게 나가자. 질질 짜는 걸로 해결될 일이 아니다. 허리를 펴고 턱을 들고. 진상 환자와 그 보호자를 상대하듯이 냉정하게, 논리적으로.

"댁들 옷 입은 거. 이거 세트장 보아하니 여기 무슨 영화 찍는 데죠? 촬영하다가 뭔 사고가 난 거고. 경찰이 알까봐 쉬쉬하면서 의사 하나 납치해서 어찌 해보자, 이거죠? 맞죠?"

긴 머리가 사이코에게 묻는다.

"뭐라시는 겁니까?"

사이코가 자기는 무고하다는 얼굴로 고개를 젓는다.

은수는 이제 불쌍한 모드로 들어간다. 상대가 남자 환자일 경우 이 방법은 대충 먹히곤 했다.

"그냥 119 불러요, 네? 나 이런 식으로 환자 보다가 의료 사고 나면 바로 면허 취소예요. 의사가 면허 취소되면 인생 끝나는 거잖아요. 그러니까 제발 환자하고 나, 두 사람 살리는 셈 치고 전화해요. 119. 내가 전화할까요?"

하면서 손을 가방으로 스윽 뻗치는데 긴 머리가 앞을 가로막는다. 시선은 은수를 보며 사이코에게 묻는다.

"이분 의원 맞습니까? 의원이 돼서 바로 옆에 환자가 있는데 어찌 쳐다보지도 않지요?"

"저기요. 내가 병원이고 경찰이고 얘기 잘 해줄게요. 진짜. 맹세해요. 나 그런 거 잘해요. 그러니까……."

말을 하며 슬금슬금 문 쪽으로 이동한다. 휴대전화는 포기하자. 일단 도망가자. 달리기는 좀 자신이 있다. 고등학교 때까지의 이야기지만.

후딱 문을 열려 했는데 은수의 어깨너머로 손이 하나 뻗어오더니 도로 닫았다. 돌아보았더니 바로 코앞에서 사이코가 은수를 들여다보며 무뚝뚝하게 말한다.

"몇 번을 더 말하면 이 순서를 기억하겠습니까? 우선, 저분 살리십시오. 그다음 내가 돌려보내드립니다."

환자는 젊은 여성이었다. 아까 사이코가 만들어냈던 상처와 거의 흡사한 모양새에 깊이였다. 놀라운 것은 출혈이 거의 없다는 것이다. 환자는 의식불명 상태다.

"젠장."

저도 모르게 욕이 나온다. 은수가 흐트러진 머리칼을 다시 쓸어 모아 묶으며 긴 머리 사내에게 묻는다. 나름대로 의학 지식이 있는 자인 듯하다. 말투를 듣자하니 한의사인가.

"의식이 없어진 지 얼마나 됐어요?"

"검상을 당하던 순간 의식을 놓으셨습니다. 두 식경이 넘습니다."

두 식경은 또 뭐야. 환자의 멘탈은 세미코마. 강한 자극에만 조금 반응하는 반혼수 상태.

"마취 없이 갑니다."

루페를 쓰고 램프를 켠다. 주위에서 헉 소리가 나며 물러서는 기색이 느껴진다. 마스크를 끼고 장갑을 찾아 낀다. 수술 도구는? 사이코가 아까 사용하던 것을 몽땅 다 싸왔다. 주요 수술 도구만 찾아 베타딘 액을 적신 거즈로 닦아 임시 소독을 한다. 사이로이드(사이로이드 리트랙터thyroid retractor: 갑상선 수술 시 쓰는 피부 견인기로 작은 절개선에서 시야 확보하며 피부에 그리 자극을 주지 않는다)도 있다. 다행이다. 그리 큰 스카(scar: 흉터) 없이 되겠다.

시작해보자. 습관처럼 손을 내밀어,

"아미."

말하고는 아차 한다. 고개를 들었는데 사이코와 시선이 딱 마주친다. 사이코가 긴 머리에게 정확하게 아미를 가리켜 보인다. 긴 머리가 아미를 집으려 하자 사이코는 다시 수술 장갑을 가리킨다. 사이코는 홍보 직원이라더니 의료 지식이 있는 것인가. 긴 머리가 은수의 흉내를 내어 장갑을 끼는 동안, 은수는 빠르게 설명한다.

"지금부터 여기 반쯤 절단된 정맥을 봉합할 겁니다. 수술 시야를 확보하게 이걸 잡아당겨주세요."

긴 머리가 금방 알아듣는다. 안쪽 혈관까지 확인하고 아미를 걸고 사이로이드를 집어 다시 긴 머리의 손에 쥐어준다. 능숙하게 혈관이 보이는 방향으로 잘 잡아준다.

"클램프."

하면서 손을 뻗었더니 손에 정확하게 들어온다. 돌아보니 사이코다. 장갑으로 감싸 건네고 있다. 베슬 클램프로 혈관을 잡아 봉합해나가기 시작한다. 좀 전에 거의 흡사한 상처를 한 번 시술하고 나서 이어진 두 번째라 마음에 여유가 있다. 식염수로 상처 부위를 씻어내고 보니 혈관이 잘 봉합되어 핏빛이 돈다. 안도의 한숨이 나온다.

"이것이 하늘의 의술이군요."

하며 앞에 앉은 긴 머리가 감탄한다. 뭐 하늘까지야. 저도 모르게 으쓱하는 기분이 된다. 그래, 내가 한다 하면 좀 하지. 마무리 피부 봉합을 시작한다. 환자는 젊은 여인이다. 이왕이면 흉터 없게 해주자, 하고 언제나처럼 은수는 눈앞의 것, 좋은 것 먼저 생각한다. 지금 해결할 수 없는 것, 암울한 것, 이를테면 납치당한 현실 같은 것은 나중에 생각하기로 한다.

최영은 아까 보았던 여인의 시술 장면을 기억하고 있었다. 여인이 부르는 하늘도구의 이름 정도는 외우고 있다. 맨손으로 잡으면 여인이 성냈다는 것도 기억한다. 원하는 것을 장갑으로 잡아 건넸더니 여인이 그를 쳐다보았다. 의외라는 듯.

그 눈이 이젠 울지 않고 있다. 우는 대신 여인은 아까처럼 집중하고 있다. 두어 걸음 물러나서 그런 여인을 본다. 뒤로 질끈 묶은 붉은 머리칼 중에 한 가닥이 이마 앞으로 흘러 내려와 있다. 빛을 내는 이마의 도구 아래쪽으로 땀이 맺힌다. 흐를까. 흐르면 눈에 들어가지 않을까 하며 보고 있는데 장빈이 흰 천을 들어 그 땀을 찍어내준다.

장빈과는 지난 오 년 동안 알고 지냈다. 피차 한 번도 벗이라 칭해보진 못했지만 서로의 사람됨을 익히 알고, 그 사람됨에 서로 만족하고 있는 사이다. 그래서 지금 장빈이 저 여인에 대해 느끼는 마음 정도는 짐작된다. 장빈은 완전히 여인의 편이 되어 있다. 여인을 돌려보내게 되면 가장 아쉬워하는 이는 아마 장빈이 될 것이다.

최영은 더 물러나 벽에 기대앉는다. 눈을 감는다. 나직하게 여인의 목소리가 들린다. 컷……. 컷……. 장빈이 알아서 실을 자르고 있을 것이다.

돌려보내야 하는데. 하늘세상으로 통하는 문이 언제까지

열려 있을지 모르겠다. 대원 둘을 보내 문을 지키라 일러놓았다. 수시로 상황을 보고해올 것이다. 돌려보내주겠다고 언약을 했다. 무사의 이름까지 걸었다. 안 하던 짓을 했다. 빌어먹을.

움직임을 느껴 실눈을 뜨고 본다. 왕비의 시녀인 아이가 문밖으로 나서고 있다. 왕비는 시녀 셋을 데려왔는데 그중 하나는 아까의 접전에서 목숨을 잃었다. 저 아이도 그 자리에 있었다. 제법 무술을 구사하던 것을 기억한다. 자신의 주인이 중요한 치료를 받고 있는데 왜 자리를 뜨는 것일까? 의구심을 일단 가슴 한쪽에 접어 보관한다.

왕비의 시녀 초향은 복도로 나서 조용히 문을 닫았다. 복도 끝에 우달치 몇이 몰려서서 수군거리고 있다. 그들을 지나 걸어간다. 아무도 초향에게 신경을 쓰지 않고 있다.

아래층에도 우달치들이 모여 있다. 그들은 대장이 가져온 방패 모양의 것을 둘러싸고 있다.

"보인다. 다 보여. 니두 내가 보이지?"

"희한하네. 이쪽에서 그쪽이 다 보인다."

"만지지 마라, 이눔아. 하늘물건을 함부로 만지면 되느냐?"

"벌 받을까?"

역시 초향에게 신경 쓰는 자는 없다. 초향은 그들을 지나쳐 가며 근처의 물동이 하나를 집어 든다.

객잔 근처의 우물가에서 초향이 물을 긷는 동안, 그 옆을 얼쩡거리던 만티르에게도 신경 쓰는 자는 없었다. 초향은 묵가의 중간 두목인 만티르에게 안의 상황을 보고한다. 왕비가 죽지 않았다는 말에 만티르는 분노했고, 하늘에서 데려왔다는 의원에 강한 관심을 보였다. 그러더니 빠른 말투로 다음의 할 일을 지시했다.

초향이 어려서부터 왕가에 심어진 묵가의 사람이란 것은 그 누구도 모르고 있었다. 그 사실이 알려지면 나이 열세 살부터 자신을 친한 벗으로 여겨왔던 왕비가 가장 놀랄 것이다. 초향은 그 생각을 하며 좀 웃는다. 위왕의 딸, 고려 왕의 왕비가 된 그 여인을 죽일 것이라는 묵가의 전갈을 받았을 때, 초향은 어쩐지 마음이 후련했다. 정이 들지 않기 위해 애쓰는 것은 사람을 베어 죽이는 것보다 힘든 일이었다.

여인이 시술을 끝낸 모양이다. 눈을 감은 채 최영은 짐작한다. 여인의 나직한 목소리가 들린다.

"심박이 100은 돼야 하는데."

눈을 뜨고 자리에서 일어난다. 침상 옆으로 다가선다. 왕비의 목에는 하늘의 물건인 사각형의 천이 저 스스로의 힘으로 붙어 있다.

"살린 겁니까?"

물었더니 여인이 단호하게 답한다.

"살리고 싶으면 무조건 베드 레스트 시키세요."

장빈이 최영을 돌아본다. 뭐라는 소리인지 묻는 눈이다. 물론 최영도 모른다. 그들이 나누는 시선의 의미를 눈치 챘는지 여인이 설명한다.

"침대에서 절대 안정을 시키라고요. 저혈량 쇼크까지 갔다 왔으니까 한동안 환자한테서 눈 떼지 마시고요. 바이털 사인 확실하게 체크하고. 이런 거지 같은 데서 수술을 했으니까 감염이 있을지 몰라요. 그러니까……."

여인이 슬금슬금 문 쪽으로 이동하는 것이 시야 옆쪽으로 보인다.

"몸에 열이 안 나는지 떨진 않는지 확인하고, 수시로 소독해주고요."

이제 최영은 장빈에게 관심을 둔다. 주의 깊게 왕비의 맥을 짚어보던 장빈이 고개를 끄덕인다.

"안정되어가고 있습니다. 내부에서 피가 새는 곳도 없

고요."

　등 뒤에서 여인이 조심조심 문을 여는 것이 느껴진다. 한숨이 나온다. 여인은 또 도망치려 하고 있다.

　나왔다. 방에서 나오는 데 성공한 은수는 돌아서다 깜짝 놀라 멈춘다. 거기 서 있던 사이코의 동료들이 은수를 본다. 그러더니 일제히 자세를 똑바로 하여 은수에게 절을 한다. 왜? 알 수 없는 일이지만 은수는 대충 마주 절을 하며 그들의 옆을 지나간다. 아까의 임시 계단이 보인다. 넘어질 뻔하며 달려 내려가다가 또 놀란다. 거기도 사내들이 있다. 마찬가지로 은수를 향해 다들 절을 한다. 왜인지는 모르지만 지나가자. 용기를 내자고.

　은수는 입구의 문을 향해 떨리는 발걸음을 옮긴다. 문이다. 이 문만 나서면⋯⋯. 그러나 문이 열리지 않는다. 손은 떨리고 심장은 미친 듯이 뛴다. 한참 만에야 문에 빗장이 걸려 있는 것을 발견한다. 미친 듯이 빗장을 옆으로 민다. 간신히 밀어냈나 싶었는데 손이 하나 들어오더니 간단하게 도로 밀어 넣어 잠근다. 울컥해서 돌아보니 역시 또 그놈, 사이코다. 무심한 눈이 은수를 본다. 마지막 용기를 긁어모아 부탁한다.

"보내주세요. 수술했잖아요."

"아직 깨어나질 못했잖습니까."

"기다려보시면……."

"그러니까 기다리셔야지 어딜 갑니까."

"여기서 내가 할 수 있는 게 더 없다니까요."

말소리에 또 울음이 섞이려고 한다. 그런데 사이코가 얼른 자세를 바로잡더니 한쪽을 향해 고개를 숙인다. 돌아보니 아까 산에서 봤던 청년이다. 모두가 그에게 정중한 것이 아무래도 가장 높은 지위인 것 같다. 그자가 은수를 보고 있다. 무조건 가장 높은 자에게 잘 보여라. 이게 진리다.

애써 미소를 지으며 말을 붙인다.

"보호자 분 되세요? 환자 분은 이제 경과만 잘 지켜보면 되거든요."

다가서려고 했는데 사내들이 순식간에 그 앞을 가로막아서 깜짝 놀란다. 그 뒤에서 청년이 손짓 하나로 사내들을 물리친다. 손짓 하나도 참 기품이 있다고 이 상황에서 뜬금없는 생각을 한다.

"의식이 돌아오겠습니까?"

청년이 물어온다. 정신 차리자. 여기서 자칫 잘못 대답하면 엄청 골치 아픈 일에 휘말릴 수 있다.

"그거야 제가 대답할 수가 없죠. 그 환자는 내 책임이 아니잖아요. 그건 분명히 해주셨음 좋겠어요. 이 수술, 전 강제로, 시킨 대로 한 거니까 내 의사 라이선스하고는 상관없다. 이걸 분명히……."

"하늘에서 오신 분."

"……저요?"

"그 여인의 목숨에 내 나라의 명이 달려 있습니다."

"나라……요?"

"하늘에서 그대를 보내주신 것을 보면 아직은 이 나라, 하늘의 보우하심을 입고 있다. 그리 보아도 되겠습니까?"

은수는 비틀하는 마음이 된다.

"이 사람, 더 이상해……."

"그리 믿어도 되겠습니까?"

은수는 저도 모르게 뒤로 물러나다가 무언가에 부딪힌다. 돌아보니 사이코가 바로 뒤에 버티고 서 있다. 소스라쳐 옆으로 피한다.

잠깐 이것을 현실이라고 믿을 뻔했다. 세트장이고, 사극을 찍고 있는 관계자들이라고. 말을 잘하면 통할 거라고. 잘만 기회를 잡으면 도망칠 수 있다고. 그런데 이런 말을 하는 자들이 있는 이곳이 현실일 수가 없다.

"이건 꿈이야. 그러니까 깨라. 제발 깨자, 좀."

제 머리를 한 대 때려본다. 아프다. 정말 울겠다.

주석은 부하인 진동과 함께 천혈을 지키고 있었다. 또 줄었다.

"틀림없지? 분명히 줄어들었지?"

주석이 진동에게 묻는다.

"저도 봤습니다. 또 줄었습니다. 이만큼."

진동이 양손을 벌려 크기를 가늠해 보인다. 사람 키보다 훨씬 길고 크던 빛 덩어리는 이제 주석의 키에 엇비슷할 만큼 줄어들어 있다. 주석은 동쪽을 본다. 동녘 하늘가에 벌건 아침 해의 기운이 솟고 있다. 곧 날이 밝을 것이다.

"대장한테 가서 전해. 하늘문이 줄어들고 있다고. 이 속도라면 오늘 해가 중천에 걸릴 때쯤 완전히 닫힐 것이야."

최영은 우뚝 선 채 여인이 가는 뒷모습을 본다. 대만을 시켜 여인을 빈방 하나에 넣고 지키라 하였다. 여인은 순순히 가라는 방향으로 걸어간다. 발걸음이 휘청거리고 있다. 문득 멈추더니 돌아본다. 얼굴빛이 창백하다. 붉은 머리만큼 붉었던 입술도 그 붉은 기를 잃었다. 미안한 마음에 속이 불편해진다. 어서 돌려보내야겠다.

여인이 잠자코 바라보고 있어서 최영은 다리에 힘을 주고 섰다. 무엇을 물어보든 대답해줄 생각이었는데 여인은 다시 고개를 돌려 가던 길을 간다. 여인이 비틀하자 최영이 움찔한다. 여인은 기묘하게 높은 신발을 신고 있다. 하늘세상의 딱딱한 땅에서나 신을 만한 신발이다.

여인이 방으로 들어가고 대만이 문을 닫더니 그 앞에 주저앉는다.

최영은 왼쪽 어깨에 얹혔던 무게를 기억해낸다. 여인을 둘러메었을 때의 그 무게. 그리고 그 냄새. 사람에게서 어찌 그런 냄새가 났을까. 하늘사람이어서 그런가. 기억하고 있는 어떤 꽃과 비슷한 냄새였다. 그게 어떤 꽃인지는 모르겠다. 그저, 생각했다. 이건 내가 아는 어떤 꽃에서 나던 향기라고.

둘러메자 여인은 작은 비명을 지르며 최영에게 매달렸다. 천혈을 통과할 때도 그랬다. 최영은 행여 그 여인이 버둥대어 놓칠까 염려했는데 여인은 오히려 그의 품으로 파고들었다. 그 느낌을 왼쪽 팔이 기억한다. 고개를 숙이자 여인의 부드러운 머리칼이 입술에 스쳤고, 그 향기가 더욱 진하게 몰려들었다. 돌아오던 천혈은 오직 그 여인의 기억으로 가득하다.

최영은 선뜻 돌아선다. 어서 돌려보내야겠다.

그럴 수 있을 줄 알았다.

조일신 그자가 그런 생각을 할 줄은 미처 생각지 못했다. 왕에게 청을 올릴 때만 해도 옆에 붙어 선 조일신을 의식하지 못했다. 무시하기로 한 자여서 의식에 제대로 들이지 않았다.

천혈이 줄어들고 있다는 보고를 전하고, 늦기 전에 하늘의 의원을 돌려보내고 싶다는 말을 채 끝내기도 전에 대뜸 조일신이 끼어들었다.

"아니 됩니다. 우리가 다 똑똑히 보았지 않습니까? 여기 우달치 대장이 하늘문으로 들어가더니 하늘의 의원을 모셔 왔습니다. 하늘이 전하를 위해 내려주신 분입니다. 그런 분을 왜 돌려보냅니까."

최영은 이런 대화 자체가 역겨웠지만 참고 다시 고한다.

"신이 언약을 했습니다. 왕비마마를 살려주시면 돌려보내드리겠다 했습니다."

조일신은 왕에게 더욱 바싹 붙으며 세 치 혀를 놀린다.

"전하, 지금 고려에는 고려 따위 개뼈다귀처럼 여기는 자들이 세도를 잡고 있사옵니다. 그자들은 기회만 있으면 고려를 답삭 원에 갖다 바치고 굴러떨어지는 관직 하나 얻어가지고자 온갖 계략을 짜내고 있습니다."

최영은 잠자코 왕을 본다. 왕이 그런 최영을 본다. 조일

113

신은 계속 떠든다.

"이때에 하늘이 전하를 위해 내려주신 분을 모시고, 함께 고려로 돌아가시는 겁니다. 그럼 세상 것들이 감히 전하를 함부로 보지 못하게 될 것이옵니다. 전하는 하늘이 보우하는 왕이 되시는 겁니다."

"대장."

왕이 최영에게 뭔가 말을 하려는데, 조일신이 그 가운데로 끼어들며 아예 최영을 보는 왕의 시야를 차단해버린다.

"전하가 살고 고려가 살 수 있는 기회를 하늘이 주셨습니다."

조일신의 뒤에 서 있던 최영이 할 수 없이 걸어 나온다. 조일신의 어깨를 잡아 옆으로 치운다. 조일신이 기함을 하는데, 최영은 무시하고 왕에게 말한다.

"고려 무사의 이름으로 언약했습니다. 원에서 자라신 전하께서는 혹여 모르실지 모르지만. 고려 무사, 언약의 값은 목숨입니다."

최영은 왕의 대답을 기다린다. 왕은 눈도 깜박이지 않고 최영을 보다가 입을 연다.

"방금 못 들었나요. 그 하늘의원을 고려에 데려가면 내 안위가 보장된다는데."

"그렇게까지 해야 보장되는 안위라면 좀……."

"좀······."

최영은 망설이던 다음 말을 마저 내놓는다.

"구차하지 않겠습니까?"

조일신이 기겁을 한다.

"이노옴······."

왕이 손을 들어 조일신의 입을 다물게 하더니 여전히 똑바로 최영을 보며 말한다.

"나라를 위해서라면 개인의 언약 따위보다는 더 중한 것이 있겠지요. 아닌가요?"

그렇게 말하는 왕을 최영은 간절한 마음으로 본다. 왕이시여, 이제 제가 진심으로 말씀 올리겠습니다. 그러니 부디 귀 기울여 들어주십시오. 이 정도의 말도 들을 수 없는 왕을, 그런 왕을 내 손으로 모시고 내 나라로 돌아가는 것은 아니라고 마음 놓게 하여 주십시오.

돌아보지도 않고 팔을 뻗는다. 또 끼어들려던 조일신의 코앞에 최영의 손이 멈춘다. 조일신이 막 뱉으려던 말을 꿀꺽 삼킬 만큼 그 손의 위세가 거칠었다.

"이런 중신이란 자는 나라를 위해서 언약 따위 개나 주라고 하지요. 나라를 위해서 무사인 저는 사람을 뱁니다. 그런데 왕께서는, 왕이시라면 적어도 그런 우리와는 다르셔야 되지 않나. 그리 생각됩니다만."

왕이 굳은 얼굴로 최영을 본다. 최영이 마지막 간절함으로 말을 마무리한다.

"아닙니까?"

주석이 보는 앞에서 천혈의 빛 덩어리는 또 한 뼘 이상 줄어들고 있다.

4장

고려 무사 언약의 값

최영이 검을 스릉 뽑는다. 사내가 움절하며 단도를 더 깊이 하늘
여인의 목에 박는다. 그 희고 가느다란 목에 핏줄기가 주룩 흐른
다. 최영의 의식이 차갑게 가라앉는다. 저놈은 죽인다.

전혀 아무런 전파도 잡히지 않았다. 누군가 은수의 가방을 갖다주었다. 재빨리 휴대전화를 꺼내 전화를 걸려 했으나 이 모양이다. 휴대전화를 든 채 방 안을 이리저리 서성이다가 돌아본다. 나이가 스무 살이 넘긴 했을까. 젊은 여자가 은수를 위해 차를 준비하고 있다. 슬쩍 다가선다.

　"저기요. 나 좀 여기서 나가게 도와줄래요?"

　일단 말을 건네본다. 여자, 초향은 들은 척도 않는다. 그래 어차피 맨입으로 될 거라곤 생각하지 않았어. 은수는 지갑을 꺼낸다. 오만 원짜리 한 장에 만 원짜리 여섯 장. 천원짜리 두어 장. 오만 원짜리는 슬쩍 한 번 더 접어 안으로 밀어 넣는다. 택시라도 타려면 필요할 것이다. 나머지 돈을 기세 좋게 다 쓸어 잡고는 여자 앞에 내민다.

"지금 갖고 있는 게 이거뿐이라서요."

여자는 여전히 무반응이다.

"이 근처에 혹시 현금인출기 있어요? 같이 가요."

여자는 차를 따르는 데에만 집중하고 있다.

"내가 대출 갚는 게 있는데 그게 이자가 좀 세요. 그래서 통장에는 얼마 없고요. 마이너스, 현금서비스라도 뽑아서 드릴게요. 얼마면 되겠어요?"

그제야 비로소 여자는 은수의 손에 들린 돈을 돌아본다. 그렇지. 돈을 싫어하는 인간은 없지. 억지로 여자의 손에 돈을 쥐어준다.

"백만 원?"

여자는 돈을 이리저리 뒤집으며 구경하는 척한다. 적다 이거지?

"이백! 더 이상은 힘들어요. 내가 신용이 좀 별로라서."

여자가 문 쪽을 돌아본다. 은수도 문 쪽을 본다. 문밖에는 폭탄 맞은 머리 스타일의 사내아이가 지키고 있을 터였다.

사이코 그자는 없을까? 그자 생각에 멈칫하는 기분이 된다. 정황상 그자는 사이코패스의 성향을 확실히 보이고 있고, 은수의 눈앞에서 사람을 벤 살인미수범이며, 은수를 강제로 끌고 온 납치범이다. 허리에는 사람을 베는 흉기를 차고 다닌다. 필요하면 언제라도 은수를 단칼에 베어 죽일 미친놈이다. 문득 그자의 옷에 배어 있던 얼룩들이 떠오른다. 냄새로 봐서 그건 분명히 피였고, 자국이나 양으로 봐서는……

은수는 진저리를 치며 생각을 멈춘다. 미친놈, 살인마에 대한 생각을 멈추자 그자의 눈이 떠올랐다. 냉랭하긴 했지만 살인자의 눈으로는 보이지 않았다. 태어나서 아직 한 번도 살인자를 실제로 본 적이 없다. 그런데 살인자의 눈이 어떤지 알 게 뭐야.

은수가 수술을 해준 젊은 여자의 목은 칼에 베인 것이다. 그 위치나 깊이로 봐서 자해는 절대 아니다. 누군가가 칼로 그 여자의 목을 베었다. 이 집 안에 있는 누군가가 그랬을 수도 있다. 그렇지 않다면 왜 그들은 경찰의 눈을 피해 은수를 납치해 왔겠는가. 은수는 그 사이코뿐 아니라 그 동료들의 얼굴도 모두 봤다. 얼굴의 핏기가 아래로 훅 빠지는 것이 느껴진다. 그들은 애초부터 자신을 살려둘 생각이 없다. 부상당한 여자의 치료를 위해 잠시 놓아둘 뿐이다.

이렇게 죽을 순 없다. 도망가자. 도망갈 수 있다. 마음속으로 주먹을 쥔다. 할 수 있다고 믿으면 믿은 만큼 가능성이 높아진다고 은수는 믿고 있다.

여자가 창문 쪽을 돌아본다. 은수도 창문을 본다. 이제 창문은 새날의 햇살로 훤해져 있다. 밤을 꼬박 새웠다.

문밖의 대만은 반쯤 졸고 있었다. 그러나 짐승 같은 그의 감각이 뭔가 이상하다고 울려댔다. 반쯤 눈을 뜨고 감각에 집중한다. 소리가 없다. 방 안이 너무 조용하다. 대만이 펄쩍 뛰어 일어난다. 문을 벌컥 연다.

하늘사람이 없다. 창문이 열려 있다. 한달음에 달려가 창문 밖을 내려다본다. 이미 사라졌다. 사람을 부를까 하다가 그만둔다. 그러는 사이 하늘사람은 더 멀리 갈 것이다. 우선 잡자.

대만은 이층에서 땅으로 가볍게 뛰어내린다. 애쓸 필요도 없이 하늘사람의 발자국이 바로 눈에 띈다. 뒤쪽이 뾰족했던 하늘신발은 땅에 너무나도 확연한 흔적을 남겨주고 있다. 씨익 웃는다. 마음이 가벼워져서 흔적을 따라 달리기 시작한다.

은수는 열심히 달리고 있었다. 차를 갖고 왔던 여자는 몇만 원을 받고는 더 이상의 욕심을 부리지 않았다. 은수를 위해 끈까지 묶어주고 그 끈을 잡고 바들바들 내려가는 은수를 끝까지 지켜봐주었다. 그러고는 사라졌다. 아마도 돈을 탐내기보다는 곧 죽게 될 은수를 가엾게 여긴 것이겠다. 복 많이 받으세요, 아가씨.

제법 큰 규모의 마을이었다. 두리번거리다가 점점 걸음이 느려졌다. 이제 사람들이 눈에 띄기 시작했는데 그들은 모두가 이상한 사극 복장을 하고 있다. 그리고 모두가 자신을 구경하고 있다. 더러는 노골적으로 손가락질을 하며 웃고, 더러는 아예 입을 헤벌리고 쳐다보고 있다.

이건 꿈은 아니다. 내 머리에서 만들어지는 꿈이 이렇게 디테일하고 광범위한 상상력을 발휘할 수는 없다. 그러니 이건 세트장이고 나는 이곳에서 나갈 수 있다.

은수는 용기를 내어 그중 그나마 점잖아 보이는 중년에게 다가선다.

"여기 입구가 어디에요? 그러니까 버스나 택시 타려면 어느 쪽으로 가면 돼요?"

중년은 옆의 친구들과 알 수 없는 언어로 떠들더니 와 웃는다. 뭐야. 요즘은 엑스트라도 수입하는 거야? 이번에는 옆의 젊은 여자에게 묻는다.

"캔 유 스피크 잉글리시? 헬로? 니 하오? 쎄쎄?"

은수의 말에 주변의 사람들이 더 크게 웃어댄다. 어느새 사람들이 은수에게 몰리고 있다. 좋지 않다. 은수는 슬그머니 자리를 피해 옆의 길로 접어든다.

그렇게 은수가 피해 간 길 한쪽에 만티르가 있었다. 만티르는 은수가 왔던 길 쪽을 살핀다. 아직 따라오는 자는 없지만 곧 나타날 것이다. 우달치의 대장이라는 자가 와주기를 바라고 있다. 정보에 따르면 그자의 무공이 가장 뛰어나다고 했다. 어제의 습격에서 죽어간 묵가의 사람들 중 거의 반이 그자의 손에 죽었다는 것이다. 객잔에서 그자를 빼낼 수 있다면 이차 습격은 훨씬 쉬워질 터.

만티르는 건너편 건물 추녀 그늘에 있던 한패에게 신호를 보낸다. 신호를 받은 자가 빠르게 객잔 쪽으로 달려간다. 만티르 자신은 하늘여인이 간 쪽을 따라가기로 한다.

과연 하늘의 의원일까? 목이 거의 잘려 나간 위왕의 딸을 되살려냈다고 한다. 사실이라면 그런 존재는 묵가에서 가져야 할 것이다. 사실인지 아닌지는 일단 잡아들이고 난 뒤에 알아보자.

시장 골목인 듯했다. 은수는 혼란스러워진다. 세트장에 세워진 장터라기엔 모든 것이 너무 현실적이다. 파는 자도 사는 자도 흥정하는 자도 연기를 하는 것으로는 보이지 않는다. 무엇보다 카메라도 안 보이는데 무슨 연기를 하느냐 말이다.

은수를 주시하는 사람들이 또 하나 둘 늘어간다. 발이 이상해서 내려다보니 어느 틈엔가 어린애들이 들러붙어서 은수의 구두를 만져보고 있다. 질색을 해서 아이들을 떼어낸다. 미치겠다.

배터리가 거의 바닥을 보이고 있는 휴대전화를 다시 꺼내 이리저리 신호를 잡아보려 애쓰다가 은수가 멈춘다. 휴대전화의 액정이 비친 뒤쪽. 거기 폭탄머리 아이가 이쪽을 보고 있다. 들켰다. 어쩌지? 바로 건너편에 포목점이 보인다. 더 생각할 것 없이 그 안으로 뛰어든다.

뛰어 들어가는 은수를 대만은 멀뚱히 보고 있었다. 뒤따라 들어가서 잡으면 어떻게 되는 거지? 하며 대만은 머리털을 쥐어뜯는다. 하늘사람은 분명히 싫다고 반항할 것인데, 그럼 강제로 질질 끌고 가? 하늘사람을 막 손으로 잡아도 돼?

울상이 돼서 생각을 하다가 대만은 옆을 지나가는 자 하나를 잡았다. 원나라 말로 거래를 시작한다. 고려와 원의 국경 지대에서 자라난 대만은 양쪽 나라 말을 다 한다. 문제는 둘 다 신통치가 않다. 그래서 객잔을 설명하고 그 객잔에 가서 이런 내용을 알리면 보수를 줄 것이라는 말을 하는 데 시간이 한참 걸린다. 별로 마음이 조급하진 않았다. 설마 뾰족한 신발을 신고 다니는 하늘사람을 놓칠 거라고는 생각하지 않는다.

최영은 객잔 일층 한쪽에서 의자를 붙여놓고 잠들어 있었다. 입구가 소란스러워지고 원나라 말을 통역한다고 이놈 저놈이 떠들어댈 때도 꿈쩍 않고 있다가 그 말 한마디에 눈이 번쩍 떠졌다.

"하늘사람이 어디에 있다고?"

이층에 달려 올라갔던 돌배가 보고한다.

"없습니다. 대만이 이놈의 자식도 없습니다."

옆에 세워두었던 방패를 둘러메고 소식을 전하러 왔다는 사내를 잡아채어 문 쪽으로 간다. 나서려는데 충석이 부른다.

"혼자 가십니까? 몇 놈 데려가십시오."

그 말에 잠깐 멈춘다. 만일의 경우 자신이 없는 사이에 습격을 받는다면.

"배는 언제 준비된다 했지?"

"지금 배 가진 선주마다 뒤지고 다니는데 영 소식이 없습니다."

"여기 객잔에서 너무 지체했어. 놈들이 다시 올 때가 됐다."

"습격해올까요?"

"놈들은 이제 우리 전력에 대해 다 알고 있다고 봐야 할 거다. 똑같은 방식으로 두 번 공격하진 않을 거야. 어떤 공격에도 당황하지 말고. 삼중 수비로 간다."

둘러서 듣던 대원들이 일제히 답한다.

"예에."

충석이 꼼꼼한 그답게 확인을 한다.

"그럼 전하를 중앙에 뫼시고……."

"아니, 왕비마마가 중심이야."

"그럼 전하는 어떻게……."

최영이 구체적으로 지시를 하려다가 그만둔다.

"알아서 대충. 잘. 지켜드려."

사내를 밀어 밖으로 나선다.

곧 우달치를 떠날 것이다. 지난 칠 년간 언제나 생각해왔다. 곧 떠날 것이다. 그래서 자신이 없어도 아무 상관없도록 아이들을 훈련시켜왔다. 대장인 자신 따위 떠나든 죽든 아무 상관없게.

걸음이 느린 사내를 질질 끌다시피해서 도착한 저잣거리에 대만이 기다리고 있었다.

"저…… 저 안에 계십니다."

가리킨 곳은 포목점이었다.

한걸음에 뛰어들었는데 그 안에 하늘여인은 없었다. 그
러나 최영이 포목점 주인 여자가 목에 두르고 있는 목걸이
를 알아본다. 그 여인이 걸고 있던 것이다.

은수는 포목점 주인이 손짓으로 가르쳐준 방향을 따라
골목길을 빠져나와 언덕을 오르고 있었다. 목걸이를 내주
고 두루마리 같은 겉옷도 하나 얻어 입었다. 머리를 보자기
로 감싸고 옷 가게를 나서며 슬쩍 뒤를 돌아보았더니 폭탄
머리의 사내애는 마침 딴 데를 보고 있었다.

치렁거리는 긴 옷과 하이힐 굽 때문에 자꾸 넘어질 뻔하
면서도 은수는 쉬지 않았다. 평소 운동 좀 열심히 할걸. 병
원 근처 헬스장 회원권을 살까 말까 망설이기만 했던 세월
이 후회스럽다. 비포장의 언덕길은 높기도 하다.

꼭대기가 바로 저기다. 이 정도 높은 곳이라면 주위의 풍
경이 멀리까지 보일 것이다. 도시가 어느 쪽인지도 보이겠
지. 우리나라에 아파트 없는 곳이 없으니 어디든 무엇이든
보일 거야.

언덕 위에 도착한 그녀의 눈앞에 무엇인가가 보였다. 우

선 보인 것은 넓은 바다였고. 그 바다의 여기저기에 떠 있는 배들이 보였는데 그 배들은 하나같이 돛 같은 것을 매달고 있다. 한마디로 요즘 배가 아니다. 급히 시야를 돌려 이쪽저쪽을 살핀다. 아파트 같은 건 없다. 그저 넓은 땅과 숲. 저 멀리에 보이는 작은 초가집 몇 채. 또 넓은 땅. 지평선에는 아무것도 없다. 아스팔트 길 따위는 아무 데도 보이지 않는다. 차량 따위도 없다. 전깃줄도 표지판도 문명을 표할 만한 그 어떤 것도 없다.

"말도 안 돼. 이게 뭐야. 무슨 세트장이 이렇게 커. 이런 게 어딨어."

중얼거리다가 뒤를 돌아보았더니 거기 사내 둘이 다가오고 있다. 평소 같으면 그들의 좋지 않은 표정을 알아보았을 것인데 은수는 지금 제정신이 아니었다.

"저기 말 좀 묻겠는데요. 여기가 어디에요? 제가요, 좀 전까지 강남 코엑스에 있었는데요. 그게 제가 중간에 기절을 좀⋯⋯."

하다가 멈춘다. 사내 중의 하나가 손에 든 무언가를 타악 턴다. 거친 재질의 자루다. 그제야 정신이 든 은수가 뒷걸음질을 치다가 돌아서 도망치려 한다. 그러나 그 앞을 또 누군가가 막아선다. 만티르다. 간단하게 은수의 팔을 잡아챈다. 비명을 지르며 팔을 빼려 했지만 그 손이 마치 강철

128

처럼 감겨든다.

"이거 놔!"

소리 지르며 거의 반사적으로 발을 들어 하이힐 굽으로 사내의 정강이를 찬다. 사내가 아, 소리를 지르며 은수를 잡았던 손을 놓는다. 은수가 달린다. 하이힐 굽이 부러진 모양이다. 절뚝이며 넘어질 뻔했는데 뒤에서 그 옷자락을 잡아챈다. 그 바람에 뒤로 당겨지며 사내의 품으로 안겨진다. 악을 쓰며 그 품에서 벗어났는데 누군가 냅다 은수의 얼굴을 후려친다.

마치 헝겊인형처럼 쓰러졌다. 땅에 엎어졌던 은수가 상체를 든다. 코피가 뚝뚝 떨어진다. 은수는 도저히 이 상황을 믿을 수가 없어 땅에 떨어지는 자신의 피를 내려다본다. 사내 둘이 은수의 양팔을 잡아채 일으키고 만티르는 무표정하게 은수의 머리 위에 자루를 씌워버렸다.

대만이 빠르게 땅의 흔적을 따라 달린다. 그 뒤를 말없이 따르며 최영은 점점 가슴 안쪽에 불안감이 부풀어 오르는 것을 느낀다. 여인의 흔적은 마을을 벗어나 언덕길을 따라 오르며 이어지고 있다.

"여기요."

대만이 한곳을 가리킨다. 땅에 어지러운 발자국 흔적들. 그중에 여인의 뾰족한 흔적이 있다. 여인의 발자국이 사내들의 발자국과 엉겨 있다. 가슴이 뛰기 시작한다. 대만이 옆의 풀숲에서 무언가를 집어 들고 온다. 여인의 하늘신발에서 부러져 나간 뾰족한 부분이다.

쭈그리고 앉아 땅의 한 부분을 손가락 끝으로 문질러본다. 피다. 여인이 피를 흘렸다. 열 배가 넘는 적에게 둘러싸여도, 목에 차가운 칼이 들어와도 최영의 마음은 그럴수록 가라앉곤 했다. 그러던 마음이 요동을 친다.

대만이 급하고 불안해서 더욱 더듬으며 말한다.

"따…… 땅에 흔적하고 이거 신발 부러진 거. 아…… 아무래도 하늘사람…… 위…… 위험합니다. 그러니까…… 제가 한 바퀴 더 돌아보고……."

"세 놈이다. 그분을 습격한 놈은 셋. 여기 흘린 피는 아마 그분의 것이고 굳지 않은 것으로 보아 방금 전의 일이야."

"다음 마을로 가…… 가보겠습니다."

"같은 패로 봐야겠지. 좀 전에 우리를 습격한 놈들과 지금 이놈들."

대만에게 말을 한다기보다 최영은 빠르게 머리를 굴리며 정리해나가고 있다.

"포구에 배를 막아 우리의 발을 묶어놓고, 객잔을 습격한다. 거기까지는 누구라도 할 수 있어. 그런데 하늘의원의 정체는 어찌 알았을까. 누군가 안에서 도망치게 내어주고 한 패가 밖에서 기다렸다."

"서…… 설마 내부 첩자가 있다는……."

"있구나."

"에잇. 누…… 누굽니까. 내가 가서 그놈을 잡아서……."

대만은 말이 끝나기 전에 몸이 벌써 나아가고 있다.

"가면, 누군지 알고 잡을래."

대만이 울상이 돼서 멈춘다. 최영의 머릿속에 스쳐 가는 자가 있기는 했다. 중요한 순간에 제 주인의 옆을 떠나던 시녀 아이.

허나 그보다 급한 것은 그 여인이다. 붉은 머리칼을 지니고 땅의 세상이라고는 전혀 알지 못하는 그분.

"여기 포구에 배는 누가 갖고 있지?"

"고…… 고려 사람인데 그게……."

"가자."

최영이 달리기 시작한다. 대만이 순식간에 옆으로 따라 붙으며 방향을 가리킨다.

선주는 아침부터 술에 취해 있었다. 한쪽에 새로 뚜껑을 따놓은 커다란 술통이 보인다.

"저 술통 누가 준 돈으로 샀나?"

"배가 없어. 없으니까 나중에 오라고."

취한 선주가 횡설수설한다. 그의 머리칼을 휘어잡아 질질 끌어와서 술통 안에 처박는다. 버둥대는 놈의 뒷목을 방패로 누르고 기다린다. 충분한 시간 후에 빼내서 묻는다.

"있잖나. 돈 주면서 배를 묶어놓으라 한 놈. 누구야."

선주는 캑캑대면서 아직 교활한 눈을 굴린다. 다시 술통에 처박는다. 옆에서 대만이 쭈그리고 앉아 구경하고 있다. 그 눈이 살벌하다. 지키라 명받은 하늘사람을 놓치고 나서 대만은 눈에 띄게 초조해하고 있다. 대만에게 선주의 자백을 받아내라 시켰다면 벌써 선주는 반죽어 있을 것이다. 선주가 버둥거릴 힘조차 남지 않은 듯 보일 때 술통에서 빼준다.

"누구야?"

눈이 반쯤 뒤집힌 선주가 술을 게워내며 꺽꺽대는 소리로 실토한다.

만티르는 마을에서 떨어진 곳에 위치한 대장간에 있었다. 대장간 앞의 공터에서 개경으로 보낼 전서구를 날리다가 그들을 보았다. 까마득히 먼 거리였지만 의심의 여지가 없었다. 그만큼 그들은 빨랐다. 순식간에 거리를 좁혀오고 있다.

대장간 안으로 뛰어들며 동료에게 눈짓을 보낸다. 그가 재빨리 숫돌에 칼을 가는 척하며 위장을 한다. 만티르는 밀실 쪽으로 달린다.

대장간은 국경 마을에 자리한 묵가의 은신처였고 만티르가 그 책임자였다. 늘 숨겨야 할 것이 있었고, 밀실은 그런 목적에 맞게 만들어졌다. 겉으로 보기엔 도구들이 걸려 있는 벽이었으나 장치를 작동하여 옆으로 밀면 밀실의 입구가 되었다.

그 안에 하늘의원이라는 여인을 잡아두었다. 아직 자루를 머리에 뒤집어쓰고 있다. 손발은 묶어두었다. 묵가의 동료 하나가 옆에서 지키고 있다. 내일이면 묵가에서 보낸 수행인들이 도착할 것이고 그들에게 넘겨 묵가촌으로 보낼 예정이었다. 그 전에 들킬 수는 없다. 입구를 닫고 여인이 쓰고 있던 자루를 벗겨낸다.

여인은 그와 눈이 마주치자마자 소리를 지르려 한다. 한 손을 들자 바로 입을 다물었다. 잠깐 망설인다. 패서 기절을 시킬까. 겁에 질린 여인의 얼굴엔 이미 만티르에게서 받은 상처의 흔적이 남아 있다. 상품은 흠이 없을수록 좋겠지. 만티르는 소매에서 헝겊을 꺼내 동료에게 던진다. 동료가 재빨리 받아 여인에게 재갈을 물린다. 만티르는 단검을 꺼내 한 손에 거머쥔다. 슬쩍 보았더니 여인이 단검을 보고 있다. 그 질린 눈을 보니 무슨 뜻인지 알아차린 거 같다.

최영이 대장간 안으로 들어섰을 때 그 내부에는 사내 하나만이 칼을 갈고 있었다. 대만은 이미 대장간을 이리저리 쑤시고 다니며 흔적을 찾는다. 최영은 숫돌 앞의 사내를 주시한다. 이쪽을 보지 않는다. 그게 더 수상하다.

사내에게 다가서며 본다. 긴장하는 게 분명한데 역시 외면하고 있다. 바로 앞에 선다. 사내의 오른손이 슬그머니 칼자루를 움켜쥔다. 최영이 허리 뒤에 돌려 매어놓았던 검집을 슬쩍 앞으로 잡아당겨 보인다. 순간, 사내가 최영을 향해 검을 휘두른다. 기다린 바다. 받아치고 두 합에 벌써 사내의 검을 날려버린다. 연이어 사내의 무릎 뒤를 차서 꺾고, 뒷덜미를 잡아 화덕 앞으로 끌고 간다.

끌려가는 도중 사내가 두어 번 반격하려 하지만 번번이 최영에게 막히고 꺾인다. 그대로 사내의 머리통을 불이 활활 타고 있는 화덕에 집어넣으려 하자 비명을 질러대며 원나라 말로 소리 지른다. 옆에서 팔짱을 낀 채 구경하고 있던 대만이 서툴게 통역을 한다.

"다 말하겠답니다."

"뭘 말해주려고."

잠시 멈추고 대만이 통역할 시간을 준다. 대만의 원나라 말에 사내가 버둥대며 대답을 한다.

"자기는 아무것도 모른답니다."

"그건 내가 알고 싶은 게 아니고."

다시 사내의 머리통을 화덕에 집어넣으려 하자 사내가 정신없이 버티며 뭔가를 떠든다. 듣던 대만이 긴장하는 게 느껴진다. 멈춘다.

"부…… 불로 공격할 계획이랍니다. 객잔이요."

사내가 필사적으로 손을 뻗어 한곳을 가리킨다. 대만이 달려가서 가리켜진 통의 뚜껑을 열더니 안에서 대나무 모양의 통 하나를 집어 든다. 최영이 사내를 밀어버리고 다가와 받아 든다. 냄새를 맡아본다. 연무탄 냄새가 난다.

"화공인가."

사내가 또 떠든다. 그러는 동안 최영의 시선이 초조하게 대장간 내부를 둘러본다. 그 시선에 밀실로 가는 입구가 잡히지만 잠깐 머뭇거리다가 지나간다.

"벌써 시작했을 거랍니다. 전하가 위험합니다."

최영이 갈등한다.

"대장!"

최영이 결정하고 입구로 움직인다. 그 뒤를 따르던 대만이 팔꿈치로 사내의 머리통을 가격해 기절시킨다. 최영이 입구를 나서려다가 내부를 다시 돌아본다. 명치 부근이 딱딱하게 굳어가는 느낌이다. 그 여인을 포기하고 가야 한다.

밀실 안에서 은수는 그들이 나가는 소리를 들었다. 목에 바싹 대어져 있는 사내의 칼날 때문에 숨도 제대로 못 쉬는 상태로 나무 문이 열리고 닫히는 소리를 듣는다. 사내가 그제야 단검을 치운다. 참았던 숨이 헉 소리를 내며 뱉어지고 눈물이 왈칵 솟는다.

대체 여기 뭐야. 이것들 뭐야.

만약 아까 은수가 소리를 내었다면 이자들은 정말로 내 목을 베었을까? 그 장면이 상상이 되자 은수는 온몸이 저도 모르게 덜덜 떨린다. 진짜 그랬을 것이다. 이 짐승 같은 것들은 쉽게 내 목을 베어버렸을 것이다. 그래도 소리를 내볼 걸 그랬나? 그랬으면 그자가 나를 찾아주었을까? 떨면서 은수는 입에 물린 헝겊 뭉치에 목이 메어 컥컥대며 운다.

울지 말자. 울면 냉정한 사고가 흐트러진다. 제발 정신 바짝 차리고 생각을 하자. 그자는, 무심한 눈을 가진 그는 나를 찾아와준 것일까. 그도 여기 있는 이 사내들도 은수가 보기에는 다를 바 없는 납치범이다. 이들보다 그가 낫다는 보장은 어디에도 없다. 그런데, 그래도 은수는 서운하다. 자신을 더 찾지 않고 가버린 그가 원망스럽다. 사이코패스로 추정되는 그가 좀 더 열심히 자기를 찾아내주기를 바랐다. 눈물이 멈추질 않는다. 제발 눈물 따위는 그치자고. 생각을 제대로 할 수가 없잖아.

감시를 하던 사내들 중에 나중에 들어온 자는 밖으로 나가고 아까부터 옆에 있던 자는 은수의 가방을 뒤지고 있다. 휴대전화를 꺼내더니 이리저리 구경한다. 세상에 태어나 처음 본 물건인 것처럼 놀람과 호기심으로. 그 모습에 은수는 새로운 공포감을 느낀다. 휴대전화를 처음 보다니. 그런 사람들이 사는 세상이라니.

여기 뭐냐고, 대체.

계단 위쪽에 올라선 충석이 고함을 쳐서 점검을 시작한다.

"갑조오."

충석의 우렁찬 목소리에 각자 배당된 자리를 지키던 대원들이 하나씩 쩌렁쩌렁 대답해온다. 객잔의 외부에 있는 자들의 목소리가 내부까지 제대로 들린다.

"갑조 하나아."

"갑조오 두울."

"갑조 서이."

"갑조 너이."

그러고는 침묵이었다. 갑조 다섯 번째 대원은 지붕에서 경비를 서고 있을 것이었다. 충석이 한 번 더 부른다.

"갑조 다서엇."

대답이 없다. 옆에 선 덕만에게 신호를 하고 왕비가 있는 방으로 달린다. 뒤에서 덕만이 불어대는 호각 소리가 삐액 울려 퍼진다.

왕은 왕비와 같은 방에 있었다. 아직 왕비는 정신을 차리지 못하고 있다. 왕비의 상세를 살피던 장빈이 호각 소리에 고개를 든다. 비상을 알리는 소리다. 창문 앞을 지키던 돌배가 빠르게 왕을 침대 쪽으로 모신다.

"전하, 이쪽으로."

다른 세 명의 대원들도 옆으로 붙는다. 삼중의 수비 중에 가장 안쪽을 담당하고 있던, 우달치 내에서도 무예의 고수들이다.

문이 벌컥 열리며 충석이 들어선다. 빠르게 안의 상황을 살피더니 창문 쪽을 본다. 지붕에 있던 대원이 당했다면 놈들은 위에서부터 습격해올 가능성이 높다.

"전하, 아래층으로 뫼시겠습니다."

충석이 왕을 신경 쓰는 사이 장빈은 질문도 없이 바로 왕비를 안아 든다.

습격은 아래층과 이층의 창문을 통해 동시에 시작되었다. 어제 벽력탄의 공격에 부서진 창문들을 임시로 널빤지를 대어 막아놓았는데 그것이 오히려 올무가 되었다. 놈들은 그 틈새로 정체를 알 수 없는 통을 던져 넣었고, 그것들이 터지면서 내는 짙은 연기는 빠져나갈 구멍이 적어 순식간에 실내를 자욱하게 채웠다.

충석은 왕을 모시고 나서다가 아래층 창문으로 들어와 터지는 통들을 목격했다. 왕의 호위를 돌배에게 맡기고 충석은 난간을 넘어 먼저 아래층으로 뛰어내린다. 놈들이 던져온 통들은 바닥에 부딪혀 터지면서 단지 연기만 낸 것이 아니었다. 충석이 바닥을 문질러 손에 묻어나는 것을 살핀다. 끈끈한 이것은 인화 물질이다. 놈들은 불화살을 쏘아댈 작정이다. 이 인화 물질이면 객잔은 순식간에 불바다가 될 것이다.

"출구를 확보해. 화공이다!"

충석이 외치는 소리에 덕만은 정문을 돌파하려 했다. 방패를 앞세워 문을 열었으나 문이 열리자마자 불화살이 날아든다. 나무 방패에 불이 붙는다. 재빨리 다시 문을 닫으며 덕만이 외친다.

"그냥 불화살이 아닙니다. 기름 주머니를 달아 쏩니다. 앞문으로 나갈 수가 없습니다."

이제 실내는 자욱해진 연기로 바로 옆의 대원조차 제대로 보이지 않는다.

그 속에서 왕은 주위를 두리번거리며 왕비를 찾고 있었다. 왕이 연기 속에서 충석을 찾아내 잡아당긴다.

"그 사람이 안 보이네."

"예?"

"왕비가 안 보여. 바로 뒤에 따라오고 있었는데 없어!"

왕의 목소리에 담긴 절박함 때문에 충석도 와락 불안해진다.

왕비를 안은 장빈은 왕의 일행과 떨어지고 있었다. 초향이 장빈의 소맷자락을 잡아당기며 연기 속에서 길을 안내했다. 워낙 빠르고 자신 있게 이끌어서 장빈은 무심코 그녀를 따랐다. 목에 상처를 입은 왕비의 기도가 행여 연기 때문에 상할까 그것이 가장 걱정이었다. 뒤에는 우달치 대원

백산이 바싹 따르고 있다.

초향이 후문을 발견하여 문을 열며 원나라 말로 이쪽이라 이른다. 장빈은 아무 의심 없이 그리 나선다. 의심을 떠올리기엔 사태가 너무 급박하다. 뒤에서 백산이 안을 향해 소리친다.

"을조 백산. 후문 발견했습니다. 이동합니……."

그러나 백산은 말을 끝내지 못했다. 문밖에 잠복해 있던 자객들이 장빈과 그가 안고 있던 왕비를 공격해 들어왔고, 백산은 거의 몸을 던지다시피 그들을 막아낸 것이다. 두 곳이나 한꺼번에 검에 찔리면서도 백산은 장빈을 향해 달려가는 자객을 노려 자신의 검을 던진다.

백산의 희생으로 장빈은 간신히 후문 밖의 공격에서 벗어나 왕비를 내려놓을 수 있었다. 초향에게 왕비를 지키라 이르고 장빈은 품에서 부채를 꺼내 들며 달려드는 자객들을 상대한다. 장빈네가 나섰던 후문은 이미 누군가에 의해 밖에서 빗장이 걸려 있다. 자객들은 넷. 아니 더 있다. 백산은 이미 쓰러졌고. 과연 버틸 수 있을까. 장빈은 자객들을 왕비가 있는 자신의 뒤로 보내지 않기 위해 모든 힘을 다한다.

장빈이 주로 쓰는 무예는 점혈법. 부채의 끝으로 상대의 혈도를 짚고, 부채를 펼쳐 상대의 무기를 막는다. 부채를 잡은 오른손의 팔뚝이 검날에 스쳐 베이며 하마터면 부채를 놓칠 뻔한다. 혼신의 힘을 다해 자객들을 상대하느라고 장빈은 자신의 뒤에서 벌어지고 있는 모습을 보지 못했다.

그 뒤에 혼절하여 누운 왕비 옆에서 초향이 자객들이 아닌 자신의 눈치를 살피는 것을. 그리고 그 품에서 단도를 꺼내 드는 것을.

최영의 허락을 받고 자신이 낼 수 있는 최고 속도로 달려온 대만이 객잔 앞에 먼저 도착했다.

객잔의 입구가 보이는 이만치에서 자객 두 명이 자리를 잡고 불화살을 재고 있었다. 객잔에서 나오는 자들을 죽여 활로를 막고, 신호가 울리면 객잔 자체를 불태워버리는 것이 그들이 받은 임무였다. 그중 하나가 막 새로운 화살 끝 뭉치에 불을 붙여 객잔을 향해 쏘아대려는데, 그의 등을 겨냥하고 대만이 도약을 해서 떨어져 내리며 달라붙는다. 옆에 있던 자객이 놀라 화살을 그쪽으로 겨누는데, 이미 대만은 손칼로 앞의 자객을 처리한 뒤였다. 옆의 자객이 코앞의 대만을 향해 화살을 쏘았으나 순간 대만이 없어지는 바람에 화살이 허공을 향해 허무하게 날아간다. 아차 하는데 땅에 바싹 엎드려 피했던 대만이 아래에서부터 튕겨 올라 달려든다. 그 기세며 모양새가 마치 살쾡이 같다.

초향은 손에 단도를 거머쥔 채 왕비를 내려다본다. 지난 수년간 함께해왔던 왕비였다. 차가운 외양 안에 속 깊은 다정함이 있는 사람. 이따금 친자매에게 그러듯 속 이야기를 하던 사람. 그러나 죽어야 할 사람. 그런 생각에 잠깐의 시간이 낭비된다. 마음을 다잡고 단도를 추켜올린다. 어디를 어떻게 찌를 것인지는 알고 있다. 그러나 다음 순간, 왕비가 눈을 떴다. 단도를 추켜든 시녀를 똑바로 본다. 경악해서 다시 한순간의 시간을 낭비했다. 막 단도를 내려 찌르는데 어디선가 무언가가 날아왔다. 반사적으로 돌아본다.

미처 그 정체를 알아채기도 전에 회전을 하며 날아온 것이 초향의 목을 정통으로 후려치며 꺾어버린다. 저 멀리서 최영이 날려 보낸 방패였다. 최영이 달려온다.

초향이 뒤로 넘어지는 것과 거의 동시에 장빈이 놓친 자객이 왕비를 노리고 달려든다. 그러나 그가 막 왕비를 향해 검을 휘두르는 순간 최영이 달려오며 날린 단검이 그의 목을 꿰뚫는다. 달려 도착한 최영이 왕비의 위로 쓰러지려는 자객을 발로 차낸다.

후문 앞에 가로 걸어 막아놓았던 장대가 꺾어지며 후문이 벌컥 열렸다. 안에서부터 충석을 비롯한 우달치들이 밀려 나온다. 가까스로 버티던 장빈이 가쁜 숨을 쉬며 물러서고 우달치들에 의해 후문 밖의 자객들이 단숨에 제압된다.

그동안 최영은 왕비의 옆에 한 무릎을 꿇어 살피고 있었다.

"정신이 드셨습니까?"

최영의 물음에 왕비는 주위를 둘러본다. 후문으로 나선 왕이 연기에 기침을 해대다가 이쪽을 발견한다. 급히 다가서다 몇 걸음 밖에 멈춘다. 최영이 일어서서 그런 왕에게 고한다.

"깨어나셨습니다."

왕이 얼핏 덤덤해 보이는 표정으로 말한다.

"그래 보이는군요."

그 목소리가 떨려 나왔다. 왕이 헛기침을 하더니 좀 더 차분해진 목소리로 왕비를 향해 묻는다.

"살아나신 겁니까?"

왕비가 그런 왕을 잠자코 보다가 되묻는다. 남아 있는 힘이 하나도 없어 가냘프게 떨리지만, 죽음에서 되살아온 사람답지 않게 차분한 어조다.

"여기 왜 이리 시끄럽습니까?"

최영이 주위 상황을 점검한다. 우달치들에 의해 자객들은 거의 쓰러져 있다. 대만이 달려오는 것으로 보아 앞쪽 상황도 정리된 모양이다. 왕을 부른다.

"전하."

왕이 돌아본다.

"하늘의 의원께서 왕비마마를 살리셨습니다. 그분을 찾게 되면 돌려보내드린다는 언약, 지켜도 되겠습니까?"

왕이 최영을 본다. 일순 세찬 바람이 그들을 훑고 지나간다.

하늘문을 지키던 부하에게서 전갈이 도착했다. 하늘문이 거의 네 척 이하로 줄어들었다 한다.

최영은 조급한 마음으로 다시 대장간으로 들어섰다. 저 하늘문이 닫히면 언제 다시 열릴지 알 수가 없다. 그 전에 하늘여인을 찾아서 보내야 한다. 찾지 못하거나, 찾아도 늦어서 보낼 길이 없어졌을 때를 생각하고 싶지도 않다.

간자로 추정되는 왕비의 시녀는 최영이 날려 보낸 방패에 목이 꺾여 즉사했다. 워낙 급했던 상황이라 살려둘 여지가 없었다. 마지막 단서는 이 대장간이다. 아까 대만이 기절시켰던 자는 자취도 없이 사라졌다. 누군가가 와서 데려갔다는 이야기다. 대장간은 비어 있었다.

곳곳에 냄새를 맡으며 돌아다니던 대만이 찡그리며 말한다.

"자…… 잘 모르겠습니다. 화약 냄새가 너무 강합니다."

산속에서 오래 생활했던 대만은 들짐승처럼 냄새에 민감

했다. 그런 아이가 잘 모르겠다고 한다. 그럼 여기가 아닌가. 아까 습격했던 놈들 중에 몇을 사로잡았다. 그들을 다 그쳐서 다른 단서를 잡아야 하나. 그럴 시간이 있을까. 초조해진다.

초조한 마음에 저도 모르게 진기가 울컥 모아진 모양이다. 손에 찌릿 뇌의 기운이 몰려들었다. 스승에게서 물려받은 뇌공이 아직은 두 번째 단계를 넘지 못하고 있어서 이처럼 스스로 조절을 못 할 때가 있다. 돌아보았더니 대만이 두려운 눈빛으로 최영의 손을 보고 있다. 겨우 진기를 갈무리해서 도로 거둬들인다. 그러면서 끓어오르던 마음도 가라앉힌다.

"먼저 객잔으로 돌아가라. 이 마을의 배는 이제 믿을 수가 없으니 원양 상선을 하나 잡으라 일러. 바로 떠날 준비를 해야 할 것이다. 묵가 놈들은 한번 목표를 잡으면 포기라는 게 없어. 아마 다음 지원대가 곧 도착할 것이야. 그러면……."

멈춘다. 어디선가 낯선 소리가 들려왔다.

"밥 주세요."

최영과 대만의 시선이 마주친다.

"밥 주세요."

둘의 시선이 일제히 한곳을 향한다. 소리는 분명 그 벽

뒤에서 들렸다.

"밥 주세요."

대만이 그 벽을 향해 달려가려는 것을 손을 들어 멈추게 한다. 천천히 몇 걸음 다가서는데 그 벽이 왈칵 열렸다.

그리고 보이는 모습. 사내 하나가 하늘여인을 앞에 세우고 그 목에 단도를 대고 서 있다. 어차피 들킬 것, 유리한 위치를 잡고자 모습을 드러낸 듯하다.

여인이 최영을 본다. 그 커다란 눈이 공포에 질려 있다. 손은 뒤로 묶이고 발목도 묶여 있다. 입에는 재갈이 물려 있다. 최영의 가슴속에 불길이 화락 지나간다.

"밥 주세요."

그 소리는 그들의 발 앞에 던져져 있는 사각형 물체에서 난다. 하늘세상에서 사람들이 저마다 들고 있던 것이다. 사내가 성질을 내며 그 물건을 발로 밟아 부순다. 뭐라 떠들어댄다. 대만이 분한 얼굴로 통역을 한다.

"무…… 무기를 내려놓고 비키랍니다. 안 그러면 죽인답니다."

최영이 검을 스릉 뽑는다. 사내가 움찔하며 단도를 더 깊이 하늘여인의 목에 박는다. 그 희고 가느다란 목에 핏줄기가 주룩 흐른다.

최영의 의식이 차갑게 가라앉는다. 저놈은 죽인다.

사내가 떠들고 대만이 또 통역을 한다.

"둘 다 보내주든지 아니면 같이 죽겠답니다."

최영이 오른손에 들었던 검을 왼손으로 바꿔 잡는다. 사내가 긴장해서 본다. 사내를 지켜보며 거리를 잰 최영이 검을 공중으로 휘익 던진다. 검이 공중에서 크게 회전을 한다.

사내가 그 검이 어디로 날아가는지 잠깐 시선을 파는데. 그 순간, 최영의 오른손이 허리춤의 단도를 빼어 단숨에 던진다. 먼저 던진 검이 땅바닥에 꽂히는 것과 거의 동시에 두 번째 던진 단도가 사내의 이마에 박혔다.

·은수는 자신의 어깨를 휘어잡았던 사내의 손이 풀리는 것을 느꼈다. 목에 대었던 사내의 단도가 철컹 소리를 내며 땅으로 떨어지더니 뒤의 사내가 서서히 무너져 내린다. 돌아보았더니 사내의 이마에 단검이 박혀 있다. 굳이 체크해보지 않아도 사내는 죽었다.

후들거림이 심장에서부터 시작되어 온몸으로 퍼진다.

건전지가 다되어가는 휴대전화가 소리를 내었을 때 은수는 저도 모르게 기대했다. 문밖의 그자가 들었을까? 들어주었을까? 나를 구해줄까? 사내가 자신을 휘어잡아 세우고 문을 열었을 때, 그래서 문밖에서 이쪽을 보고 있는 그자를 보았을 때는 울컥 반가웠다. 등 뒤의 사내가 자신의 목에 단도를 들이대었을 때도 은수는 절박하게 기다렸다. 구해 주겠지. 저자가 나를 구해주겠지.

그런데 이제 그자가 던진 단도를 이마에 박고 쓰러져 있는 사내를 보자 머릿속이 하얗게 되었다. 사내는 눈도 감지 못하고 천장을 노려보고 있다. 그자가 다가와 서 있는 은수를 지나쳐 간다. 쓰러져 있는 사내의 이마에 박힌 단도를 빼내더니 시신의 옷에 피를 닦는다. 전혀 바쁠 일이 없다는 듯이 그렇게 한다. 수없이 많은 수술에 참여했고, 뇌 수술에 참여했을 때는 전기톱으로 환자의 해골도 갈라보았던 은수가 순간 토할 듯한 기분이 된다.

그자가 은수의 앞으로 돌아와 선다. 나도 죽이려는 것인가, 하고 순간 생각한다. 그자는 은수의 발을 보고 있다. 은수는 와들와들 떨며 자기도 아래를 내려다본다. 한쪽은 어디서 신을 잃었는지 맨발이고. 다른 한쪽은 굽이 부러져 있다. 이젠 다리에까지 떨림이 전해져 금시라도 쓰러질 것 같은데 간신히 버틴다. 쓰러지면 끝이야. 버티고 서 있어야 도망갈 수 있어. 하얗게 질린 의식의 저편에서 속삭인다.

그자가 은수의 앞에 쭈그려 앉는 바람에 은수는 펄쩍 뛰는 심정이 되지만 몸이 움직이지 않는다. 그자는 단도로 은수의 발목을 묶은 끈을 단숨에 끊어낸다. 일어선다. 은수의

몸을 감싸 안는 줄 알고 숨을 멈췄는데, 그자는 은수의 몸
에 양팔을 둘러 뒤로 묶인 은수 손목의 끈을 잘라낸다. 단
도를 허리춤에 갈무리하더니 이번에는 은수의 얼굴을 감싸
머리 뒤에 매듭져 있는 재갈을 풀려 한다. 매듭이 옥죄어
있는지 시간이 걸린다. 은수가 참았던 숨을 들이켜자 바로
얼굴 옆에 그자의 숨결이 느껴진다. 어째서인지 울컥 울 뻔
했다가 가까스로 삼킨다.

매듭이 풀렸다. 입에서 재갈을 풀어내고 몸을 떼어낸 그
자가 비로소 드러난 은수의 얼굴을 보더니 찡그린 얼굴이
된다.

하늘여인의 얼굴을 보는 순간 최영은 다시 한 번 살의가
솟구쳤다. 여인의 티 없이 하얗던 얼굴, 한쪽 관자놀이 아
랫부분에 멍이 들어 있고 입술 한쪽이 터져 피가 맺혀 말라
있다. 아마도 커다란 손이 후려친 상처일 것이다. 이미 죽
어버린 사내에 대한 풀 길 없는 분노 때문에 괜히 여인에게
성을 낸다.

"참, 사람 성가시게 하는 분이네. 기다리라고 했잖습니
까? 여기가 어딘지 알고 뛰쳐나가요? 그래서 꼴이 이게 뭡
니까. 어디 봐요."

목의 상처는 어떤지 자세히 보려고 손을 들어 여인의 턱을 잡는데 여인이 매섭게 그의 손을 쳐낸다. 그러고는 제 힘에 부쳐서 여인이 휘청 넘어지려고 한다. 잡아주려 했더니 또 거칠게 뿌리친다. 제대로 서 있을 힘도 없어 보이는데 여인은 최영을 무섭게 노려보며 애를 쓰고 있다. 물러서 준다.

"따라오십시오. 말을 가져왔으니까."

하며 돌아서 몇 걸음 걸어가는데 뒤에서 뭔가가 날아온다. 반사적으로 피하고 돌아보니 여인이 손에 잡히는 대로 집어 던진다. 만들다 만 호미 자루며 심지어 도끼날까지 날아온다. 무거운 달구지 부품 하나를 비틀거리며 집어 들더니 최영을 향해 힘껏 던진다. 슬쩍 반걸음을 비켜 피하며 보았더니 여인이 제 딴에는 빠른 속도로 달려온다. 신이 하나뿐이라 절뚝거리면서 입구로 가는 진로에 있던 최영의 옆을 지나쳐 달려간다. 도망치겠다는 모양이다. 어이가 없어서 보기만 한다.

옆에서 대만이 입을 벌리고 구경하고 있다.

맨발이라 뭔가를 잘못 밟으면 다칠 것인데. 여인의 희고 부드러워 보이던 발을 생각하며 최영이 따라나선다. 대만에게 뒤쪽을 턱짓으로 가리킨다. 빠르게 알아듣고 대만은 여인의 가방을 챙기러 들어간다. 밥 주세요, 하고 사람의

151

말을 하던 사각 물체를 생각한다. 그렇게 때에 걸맞지 않은 말로나마 제 주인의 위험을 알리려 했던 것일까? 죽은 놈이 밟아 부수지 않았다면 한 번쯤 살펴보고 싶었는데.

여인은 어느새 문을 열고 나갔다. 억지로 잡아와서 밤새 고생시키고, 낯설고 거친 사내들에게 끌려가게 하고, 목숨을 위협받게 했다. 하늘사람들이 다 갖고 있던 사각 물건마저 부서지게 하고, 그리고 그 얼굴의 상처……. 더러운 사내의 손에 의해 생겼을 그 상처와 멍을 떠올리자 다시 마음이 동요한다.

하늘에 죄를 지었더니 마음이 먼저 아는구나. 이렇듯 불안해하는 마음을 요 몇 년 느껴본 적이 없다. 아주 오랫동안 그의 마음은 특별히 무엇을 느껴본 적이 없다.

은수는 절뚝이며 달렸다. 도망쳐야겠다. 그런데 어디로. 후들거리는 다리로 선다. 아까 정신을 차렸던 그 산 위로 가자. 어느 쪽이지? 앞은 언덕으로 막혀 있다.

뒤를 돌아 또 달리다가 맨발이 뾰족한 돌 조각을 밟으며 비틀하여 넘어지려는데, 누군가의 손이 뒤에서부터 뻗어져 나와 팔을 잡아 세워준다. 잡히지 않은 팔꿈치로 뒤를 치고 벗어나기 위해 버둥거린다. 그자다. 이제는 익숙해져버린 그자의 피 냄새. 그의 손이 풀린다. 헉헉대며 돌아보았더니 그가 어이없는 표정으로 보고 있다. 두리번거린다. 어디로 가야 되지? 어디로 갈 수 있지? 입이 마르는데 그가 말한다.

"왕비마마께서 깨어나셨습니다."

왕비? 그 환자?

"그래서 돌려보내드린다고요. 계셨던 곳으로 다시."

은수가 못 미더워서 노려본다. 그가 한쪽을 가리키며 턱짓을 한다. 은수는 반신반의한다. 그자의 허리에 매달린 검을 본다. 사람을 베던 검. 믿을 수가 없다. 그자의 눈을 본다. 조용히 은수를 보고 있다. 믿어도 될까?

그가 가리킨 곳으로 한 걸음 내딛는데 힘이 풀린 다리 때문에 휘청한다. 그가 한 손을 내민다. 은수는 오히려 뒤로 물러난다.

"모셔가겠습니다."

그 말에 은수는 눈물이 핑 돌며 목이 멘다.

"다시 한 번만…… 그 더러운 어깨에 날 둘러메기만 해봐. 날 무슨 짐짝처럼. 또 한 번만 그러기만 해. 내가 아주……."

말을 마치기도 전에 성큼 다가온 그가 은수를 가볍게 안아 들었다. 은수가 그를 주먹으로 치며 벗어나려 버둥댄다.

그가 슬쩍 떨어뜨리는 시늉을 해서 은수가 저도 모르게 비명을 지르며 매달린다. 그가 자기 품에 안겨 있는 은수를 내려다본다. 그 눈에 또 미소가 스치는 것처럼 보여서 은수는 버둥거림을 멈춘다. 그러고 보니 그자는 은수를 어깨에 둘러메지 않고 두 팔로 곱게 안아 들고 있다.

그렇게 은수를 안아 들고 그자가 걸음을 옮긴다. 저도 모르게 그자의 목을 끌어안고 있었다. 다시 팔을 풀어내기도 어정쩡한 자세라 그대로 있으면서 은수는 혼란스러워진다. 이 사이코패스에게 안겨서 이래도 돼? 그 생각이 입 밖으로 중얼중얼 나와버렸다.

"뭐요?"

하고 그자가 묻는다. 은수는 소리 내어 말한다. 알아보고 싶었다. 이렇게 말하면 어떻게 반응해올지.

"사이코."

"뭐?"

더 크게 말한다.

"사이코패스."

그자는 그 단어에 대해서는 별 반응이 없이 걸음을 멈추더니 은수를 획 추켜올렸다. 놀라 매달리려 했는데 그자가 은수를 말에 얹어놓았다. 이게 뭐야. 말? 움직인다. 살아 있는 말에 내가 올라앉아 있다. 맙소사.

달려온 폭탄머리 아이가 은수의 가방을 내주기에 얼른 뺏어 안다가 말에서 떨어질 뻔한다. 그자가 한 팔을 뻗어 은수를 받치며 아이에게 지시한다.

"가서 전해. 하늘 분 모셔드리고 가겠다고."

"예."

아이가 달려간다. 그자가 훌쩍 뒤로 올라타는 바람에 놀라 또 떨어질 뻔했는데 어느새 그의 두 팔이 양쪽으로 뻗어오며 고삐를 틀어쥔다. 단단한 팔이 기둥처럼 은수를 그 안에 가둔다. 은수가 불편하여 몸을 뒤틀자 등 뒤에서 그가 말한다.

"떨어지면 부러집니다."

은수는 그 말을 듣기로 했다. 얌전해졌더니 그가 어찌했는지 말이 움직이기 시작한다. 기겁을 해서 그의 팔에 매달렸다가 다시 허리를 곧추세우는데 딱딱한 그의 갑옷에 등이 배긴다. 뒤에서 그가 어떻게 눈치를 챘는지 물어온다.

"불편하십니까?"

"……네."

"조금만 참으십시오."

그 목소리에 웃음기가 배어 있는 것 같다. 하지만 그럴 리는 없을 것이다.

최영은 오랜만에 마음이 좋다. 눈물을 그렁거리면서도 끝까지 기운찬 하늘여인 때문에 안심이 되었고, 이제 곧 돌려보낼 수 있게 되어 기쁘다. 하늘세상에서 여인을 어깨에 둘러메고 달리던 그 순간부터 계속 마음이 요동질을 해댔다. 보내고 나면 다시 제 상태를 찾을 수 있을 것이다. 이 여인도 하늘문을 통해 돌아가고 나면 이곳에서의 고생은 이내 잊을 것이다. 이토록 기운찬 여인이니까. 그러니까…… 잊겠지?

최영은 애마 주홍을 몰아가며 자신의 두 팔 안에 들어와 있는 여인을 새삼 의식한다. 고려 여인들에 비하면 큰 키라고 생각했는데 품 안에 온전히 다 들어오는 가녀린 체구. 기억하고 있던 그 꽃 내음 같은 체취. 여인의 붉은 머리칼이 바람에 날려 최영의 얼굴을 스치고 지나간다. 이 체취와 머리칼만 기억하기로 한다. 살다가 문득문득 생각나는 순간이 올 것 같다. 하늘세상이며 하늘여인이라는 것은 그리 쉽게 잊을 수 있는 존재가 아니니까.

최영은 가파른 비탈길 아래쪽에 주홍을 세우고 하늘여인을 안아 내렸다. 여인은 이곳을 기억하는 듯했다. 얼굴이 밝아지며 두리번거리더니 하늘문이 있는 쪽을 향해 걸어가려고 한다.

"그 발."

하고 말이 먼저 나왔다. 여인이 돌아본다. 산길은 험하다. 그런 맨발로 걸을 수 있는 곳이 아니다. 다시 안아 드는 것은 어쩐지 내키지가 않는다. 아까 여인을 안고 말까지 걷는 동안 내내 불편했다.

최영은 잠자코 양쪽 팔목의 토시를 풀어낸다. 여인의 앞에 쭈그려 앉았더니 여인이 뒤로 물러서려 했다. 여인의 맨발을 잡아 토시를 끼우고 빠르게 끈으로 묶어준다. 작은 발에 여기저기 상처가 나 있다. 솔잎이 스쳐도 베일 듯 여리고 작은 발이다. 불안해하던 여인이 차츰 잠잠해진다. 다른 발도 신을 벗기고 토시를 끼워서 끈으로 묶어주며 최영은 속으로 용서를 빈다.

일어나서 길을 앞서 간다. 여인이 부지런히 따라온다. 슬쩍 돌아보았더니 임시로 신긴 토시신이 험한 산길에서 그럭저럭 쓸 만해 보인다. 여인이 최영을 빤히 보고 있는 듯한데 그 눈은 보지 않기로 한다.

하늘문을 지키던 주석이 반색을 하며 달려오다가 하늘여인을 보고 멈춘다.

"아직 열려 있지?"

"열려 있습니다만 얼마 남지 않았습니다."

모퉁이를 돌아섰더니 이제 하늘문은 거의 최영의 허리 아래 길이로 줄어 있었다. 여인에게 일러준다.

"저리 들어가시면 됩니다."

뭐라는 거야, 하고 은수는 생각한다. 그가 가리키는 곳은 그저 절벽이다. 기다란 틈이 있어 보이긴 하지만 대낮의 햇빛 아래 그 틈이 그다지 깊지 않다는 것이 훤히 보인다. 은수가 눈을 비빈다. 그 틈 앞에 뭔가 소용돌이치는 빛 같은 것이 보인다.

"보이십니까? 그 빛 안으로 들어가시면 됩니다."

"빛 안으로 어떻게 들어가요."

은수는 오히려 한 걸음 물러선다. 뭐라는 거냐고.

"저 문이 점점 줄어들고 있습니다. 저게 닫히면 저도 달리 보내드릴 방법이 없습니다. 그러니 어서 들어가십시오."

"그냥 저쪽으로 걸어가면 돼요? 그럼 뭐 문 같은 게 열려요? 그다음엔……."

"들어가시면 됩니다."

"그러니까 들어간다는 게 뭐냐고요."

이건 또 무슨 수작이야. 은수는 더럭 겁부터 난다. 모르는 짓은 하고 싶지 않다. 그렇게 초조해하는 은수를 묵묵히 보다가 그자가 불쑥 그렇게 말했다.

"고생시켜드렸습니다."

그는 자세를 똑바로 하더니 은수를 향해 깊이 고개를 숙였다. 그의 뜻밖의 인사에 은수는 당황스러워진다. 그가 가리킨 빛 쪽을 돌아본다. 그쪽으로 두어 걸음 다가서다가 멈춘다. 어째서인지 더 움직여지지가 않는다. 아무래도 나는 저 말도 안 되는 '빛으로 들어간다'는 걸 두려워하고 있는 모양이야. 은수는 다시 그자를 돌아본다. 그는 아직도 고개를 들지 않고 있다. 그래서 그의 눈이 보이지 않는다. 그의 눈을 보면 알 수 있을 것인데. 이 모든 걸 믿어도 되는지.

최영은 고개를 숙인 채 그 여인이 머뭇거리고 있는 것을 느끼고 있다. 가십시오. 제발. 하고 속으로 말하다가 모퉁이 저편에서 말들이 달려오는 기척을 감지했다. 길목을 지키고 있을 주석이 아무 반응이 없다? 바로 검을 돌려 잡으며 몸을 세워 돌아선다.

다음 순간 조일신이 외치는 소리를 들었다.

"멈추라."

말에 매달려 온 조일신이 고꾸라지듯 내렸다. 그를 호위하며 함께 달려온 우달치들이 여덟아홉? 최영이 찡그려서 그들을 본다. 충석까지 왔다. 그들 뒤에서 대만이 차마 최영을 보지 못하고 쭈뼛거리고 있다. 조일신이 단언한다.

"하늘의 의원님은 못 돌아가시오."

최영이 얼핏 보았더니 여인은 못 박힌 듯 굳어 놀란 얼굴로 이쪽을 보고 있다. 최영은 조일신을 무시하고 충석을 본다.

"뭐 하는 짓이야. 전하의 호위는."

충석이 난처한 얼굴로 답하려는데 조일신이 여인 쪽으로 움직이며 떠든다.

"보시오, 하늘의원님. 잠시 멈춰 내 말 좀……."

최영이 그 앞을 막는다.

"나 고려 무사 최영의 이름으로 보내드리는 거요."

조일신이 뒤를 돌아본다. 그 뒤에 선 우달치 대원들이 난감해하고 있다. 최영이 스릉 검을 빼 든다.

"내 이름을 무시하는 자, 누구야. 막아봐."

조일신이 턱을 치켜든다.

"전하의 말씀이시오. 대장. 전하께서 하늘의 여인을 막으라 하셨어."

최영의 마음 한 귀퉁이가 퍼석 부서진다. 그럴 리가 없다. 그리 똑바로 나를 쳐다보던 왕께서. 그래서 나로 하여

금 미소 짓게 했던 그분이 그럴 리가 없다.

"헛소리. 믿지 못하겠다."

조일신이 뒤를 향해 새된 소리를 낸다.

"뭣들 하는가. 저 여인을 잡으라."

우달치들이 머뭇거린다. 조일신이 또 외친다.

"어명이다."

우달치들이, 최영의 부하들이 일제히 검을 빼 들어 최영을 겨눈다. 최영이 충석을 본다. 어명이라고? 충석이 어두운 얼굴로 끄덕인다. 조일신이 또 확인시킨다.

"우달치 대장 최영. 어명이라고 했다. 거역하겠는가?"

최영의 나머지 마음도 부서진다. 뒤를 돌아본다. 아직 그 자리에 서서 이쪽 눈치를 보고 있던 여인이 갑자기 빛을 향해 달리기 시작했다. 어명이라고? 최영이 긴 다리를 움직여 순식간에 여인을 따라잡는다. 팔을 잡자 여인이 마구 뿌리치며 저항한다. 혹여 여인이 다칠까봐 검을 옆에 던져 꽂아두고 여인의 등 뒤에서 아예 두 팔로 가둬 잡는다. 어명이라고? 아직 머릿속의 생각이 정리되지 않았는데 최영은 여인을 잡아놓고 있다. 잡아놓아야 한다고 생각보다 마음이 먼저 몸을 움직였다.

"놔요, 놔. 이거 좀 놓으라고."

여인이 절망적으로 비명을 지르며 몸부림친다. 마치 작

161

은 새 같다, 하고 최영은 얼핏 생각한다.

순간, 엄청난 바람이 몰아쳤다. 마치 그때까지 이 자리에 머물러 웅크리고 있던 바람들이 일제히 용트림을 하는 것처럼 치솟아 올랐다. 그 바람 속에서 최영은 여인을 더욱 깊이 끌어안는다.

그리고 바람이 순식간에 소멸했다. 그리고 그 빛도 사라졌다.

은수는 멍하니 그 빛이 있던 자리를 보았다. 아무것도 없다. 등 뒤에서 은수를 잡았던 그자가 팔을 풀어준다. 빛이 있던 자리로 달려가 허공을 휘저어 보고, 혹시나 해서 절벽의 틈새로 달려가본다. 틈새는 깊어야 30센티미터도 되어 보이지 않는다. 이리저리 더듬어보았지만 문 같은 건 어디에도 없다. 돌아갈 수 없단다. 여기 이 미친 세상에서, 내 세상으로.

최영은 그렇게 헤매고 다니는 여인을 보며 부서진 마음의 잔해를 느끼고 있었다. 어명을 들었을 때 부서져 내리던 마음이 여인을 붙잡았다. 마치 구명줄을 부여잡듯이. 잘못했다. 큰 잘못을 했다. 어명은 지켰으나 하늘여인에게 주었던 언약은 지키지 못했다. 사실은 어명을 지키기 위해서가 아니었다. 마음이 비틀거리며 실족하는 상태에서 주인인 나도 모르게 옆에 있던 여인을 붙잡은 것이다. 내 마음이 넘어지지 않겠다고 주인인 나도 모르게 반사적으로 그랬다. 그 순간의 눈먼 손짓 때문에 하늘의 여인이 이 땅에 남아버렸다.

최영이 돌아서 조일신을 향해 걸어간다. 그 앞에서 고한다.

"신 최영, 어명을 받자와 하늘의 의원을 잡아놓았습니다."

그렇게 말하는 마음 공간이 휑하게 비어서 자신이 내는 말소리가 낯설다. 그때 뒤에서 여인의 울먹이는 외침이 들렸다.

"야, 이 나쁜 자식아."

돌아보았더니 여인이 최영을 보고 있었다. 충격과 절망으로 그 큰 눈에 눈물이 가득 고여 있다. 최영은 숨을 죽이고 여인을 본다. 용서하지 마라. 마음속으로 부탁한다. 최영의 시선이 여인의 옆에 꽂혀 있는 자신의 검에게 간다. 그 시선을 따라 여인이 검을 본다. 그래, 하고 최영이 응원한다. 기억해라. 하늘의 여인. 난 내 목숨을 언약의 값으로 걸었다. 그걸 기억해다오.

여인이 검을 빼 든다. 최영의 귀검은 보여지는 날렵한 몸매로는 가늠할 수 없게 무겁다. 여인이 두 손으로 잡아 들고도 비틀한다. 이제 여인은 주체하지 못하고 울고 있다.

"돌려보내준다고 했잖아. 이 사이코. 살인마."

그랬구나. 사이코라는 하늘말은 살인마라는 뜻이었군. 최영은 쓰게 생각한다. 그대의 말이 맞다. 그러니 이제 그만 이 구차한 삶을 놓게 해달라. 하늘의 여인이니 그대는 충분히 그럴 자격이 있다.

여인이 두 손으로 검을 들고 달려온다.

"죽여버릴 거야."

여인의 눈에 눈물이 가득 차서 혹여 자신을 잘 보지 못할까 염려된다. 최영은 여인을 향해 똑바로 가슴을 펴고 선다. 두 발에 힘을 주어 여인의 과녁이 흔들리지 않게 해준다. 뒤의 우달치들이 설마 하며 보고 있을 것이다. 여인이여. 어서 오라.

달려온 여인의 손에 들린 귀검이 갑옷을 뚫고 들어오다 멈칫한다. 여인의 놀란 눈이 최영을 본다. 최영의 두 손이 검 손잡이를 잡은 여인의 두 손을 덮어 잡는다. 중도에 멈춘 검을 마저 깊이 찔러 넣는다. 자신의 복부 안으로.

여인이 아래를 내려다본다. 최영의 복부로 들어가버린 검을 믿지 못하겠다는 듯 보고 있다. 미안하다. 여인이 충격 속에 갈라진 목소리로 묻는다.

"왜. 어째서."

최영의 몸 안에 있던 기운들이 검을 따라 스르르 흘러나간다. 미안하다. 하늘의 여인.

은수는 제 몸 위로 무너져 내리는 최영을 받아 그 무게 때문에 주저앉으면서도 믿을 수가 없다. 어째서. 피할 수 있었으면서 왜. 그러는 은수의 귓가에 그가 나직하게 말했다.

"이러면 다 된 거지?"

뭐가? 은수는 비명조차 지르지 못한다. 이 사람을 내가 찔렀다. 내가 사람을 죽였다. 내가 이 사람을······.

은수는 와들와들 떨리는 두 손을 들어 자신의 위로 쓰러진 그를 안는다. 아니야. 아직 안 죽었다. 그의 숨결이 그의 맥박이 다 느껴진다. 아직 아니야.

5장
땅의 세상, 고려

왕은 방의 저 끝으로 걸어간다. 좀 더 멀어지면 그만큼 덜 들킬까
해서. 그래도 상관없다. 왕비 그대가 뭐라 비웃는다 해도 상관하
지 않겠다. 그만큼 그자가 탐난다.

왕의 손에서 미끄러진 찻잔이 바닥에 부딪혀 요란한 소리를 내며 깨졌다. 왕이 물끄러미 깨진 찻잔을 내려다보고 있자 시녀가 총총 다가와 치우기 시작한다. 왕비가 데려온 세 명의 시녀 중 둘은 이미 죽고 이 아이 혼자 남았다. 불쑥 그 생각에 미치자 왕의 마음이 더 갑갑해진다.

　슬쩍 돌아보니 왕비는 침상에 기대앉아 자신의 앞 공간을 바라보고 있다. 그 옆에 앉은 어의 장빈이 왕비의 진맥을 하는 중이다. 왕비가 시선을 느꼈는지 왕을 돌아본다. 왕은 또 흠칫하는 기분이 된다. 왕비는 언제나 똑바로 직시해온다. 그래서 그 눈빛을 마주하여 시선을 돌리지 않으려면 늘 마음을 다잡아야 했다.

왕은 반사적으로 냉랭한 눈빛을 만들어 마주 본다. 왕비를 대하면 버릇처럼 그렇게 되었다.

"고려 무사의 언약은 목숨과 같다지요?"

왕비가 묻는다. 왕은 대답하지 않고 그저 본다.

"고려 무사의 이름으로 약속을 했는데. 그 약속을 어기라는 어명. 그러니 다시 말해 어명을 거역하든가 죽든가. 둘 중 택해라 그런 뜻이었을까요. 아…… 아니네. 그건 둘 다 죽으라는 말이네. 어찌해도 최영, 그자는 죽어야 되는구나."

"지금 과인을 비난하고 있는 겁니까?"

"설마요. 그냥 정리해보고 있는 겁니다. 전하께서는 정말 그자를 죽이고 싶은 걸까. 궁금해하면서요."

그렇게 저 혼자 말을 끝내더니 왕비는 시선을 돌린다. 언제나, 심지어 지금처럼 죽다 살아난 환자일 때조차 꼿꼿한 자세. 학처럼 긴 목에 하늘의 의원이 붙여놓은 하늘의 천. 왕이 아닌 다른 곳을 보고 있는 커다랗고 차갑고 도도한 눈.

늘 그랬듯이 왕은 소리를 지르고 싶다.

하고 싶은 말을 하세요. 어째서 그대는 항상 정작 하고 싶은 말은 한 자락 아래에 감추고 겉으로 빙빙 도는 말만 하는 겁니까? 어째서 항상 저 하고 싶은 말만 하고는 바로 시선을 돌려 다른 곳을 보는 겁니까? 그대의 눈에 비친 내 모습이 어떠하기에 그리 길게 보고 있기도 싫은 거요?

왕도 시선을 돌린다. 원나라 종실 위왕의 딸 보타슈리. 혼인한 지 일 년이 넘었는데 늘 이 모양이다. 왕은 늘 왕비의 시선에 상처를 받는다. 무시하면 그만인데 언제나 그 시선에 비추어 자신을 보게 된다.

그 시선에 비친 내 모습은 지금 어떤가. 작은 나라 고려의 왕자로 원나라에 볼모로 끌려온 지 십 년이다. 이제 왕이 되어 돌아가는 조국에는 아는 이 하나 없을 터. 그래서 내 편 하나 만들고자 우달치 대장에게 목매고 있는 모습. 그가 과연 나의 사람이 되어줄 것인지, 내 사람이 되면 과연 얼마나 충성을 바칠 자인지 시험해보고자 하는 이 비루한 마음. 고고하기 짝이 없다는 고려 무사의 자존심과 왕에 대한 충성심 사이를 저울질시키는 이 간교함. 그것을 왕비는 다 보고 있을 것이다.

왕은 방의 저 끝으로 걸어간다. 좀 더 멀어지면 그만큼 덜 들킬까 해서. 그래도 상관없다. 왕비 그대가 뭐라 비웃는다 해도 상관하지 않겠다. 그만큼 그자가 탐난다.

물론 우달치 자체도 탐났다. 주로 귀족의 자제들로 구성된다는 우달치 부대를 손에 넣게 되면 그만큼 영향력이 커질 수 있겠다. 허나 무엇보다 그자가 갖고 싶다. 지난 십 년간 보아왔던 그 누구와도 달랐던 그자, 최영. 아무런 욕심이 없어 내놓는 모든 말이 진심인 자. 만약에 한번 그자의 마음을 가질 수 있다면 그것은 평생 지속될 것이다.

영리한 왕은 스스로가 가진 것과 가지지 못한 것을 잘 알고 있었다. 지난 십 년 세월, 왕위 계승 서열에 들어 있는 왕족이라는 허울은 하루하루 목숨을 담보로 하는 것이었고, 그 전쟁과 같은 나날 속에서 왕은 한 가지 확실하게 습득해온 것이 있다. 사람을 보는 눈이다. 그 눈이 자신이 갖고 있는 것 중에 가장 믿을 만한 것이었다. 그 눈으로 본 최영은 가져야 할 자였다. 그리고 가지지 못한다면, 그래서 적이 될 수 있는 여지가 있다면 죽여야 할 자였다.

대장이 하늘사람의 검에 찔려 무너져 내릴 때, 도저히 믿을 수 없어 모두가 경악하여 굳었을 때, 가장 먼저 튀어나간 것은 대만이었다. 최영을 받아 안으며 주저앉았던 은수를 거칠게 잡아채어 밀어버린 것도, 받쳐주던 은수를 잃고 엎어지려는 최영을 받아서 눕힌 것도 그였다.

최영의 복부에 박혀 있는 검을 보는 순간 대만의 양 팔목에서 손칼이 튀어나왔다. 그대로 은수를 덮치려는 대만의 뒷덜미를 잡아챈 것은 충석이었다. 수박(手博)의 달인다운 깨끗한 동작으로 대만을 거칠게 바닥에 처박아버린다. 대만은 지금 눈에 뵈는 게 오직 하늘사람, 자신의 대장을 해친 여인뿐이다. 죽일 테다. 죽인다. 기를 쓰고 일어나 다시 덤벼드는 것을 충석이 다시 잡아 이번에는 아예 멀리 던져 버렸다. 처박혀 구르던 대만이 또 일어서 이쪽으로 달려오려는데 충석이 벼락같이 소리 지른다.

"그만해."

가까스로 멈춰 선 대만이 분노 때문에 와들와들 떨고 있는데, 그 앞을 조일신이 막아서나 했더니 다짜고짜 대만의 따귀를 후려갈겼다. 하늘의 여인밖에 뵈지 않는 대만은 자신의 방어 따윈 하지 않고 있었다.

"이 정신 나간 놈이 감히 누구한테 덤벼. 하늘에서 오신 분에게 칼을 들이대?"

대만이 저도 모르게 이빨을 드러내며 짐승처럼 으르렁거리는데 그 옆에서 주석이 대만의 등덜미를 잡아챘다.

"기다려봐. 우리 대장 아직 안 죽었어."

그랬다. 이쪽에서 보이는 대장은 땅에 길게 누운 채 하늘을 보고 있었다. 가쁜 숨을 쉬고 있다. 아직 살아 있었다. 그 옆에는 대만이 밀쳤던 하늘여인이 제가 가장 놀랐다는 얼굴로 대장을 보고 있다. 그 여인의 앞으로 조일신이 다가선다.

은수는 제 앞을 막아서는 자 때문에 시야가 차단되자 그제야 정신이 깨는 기분이 들었다. 하얗게 아득해졌던 머리

172

가 제대로 돌기 시작한다.

"전하께서 기다리고 계십니다. 제가 모시고 가겠습니다."

"비켜봐요."

"하늘의 의원님. 지금 전하께서……."

"비키라고 좀!"

앞에 선 중년의 사내를 밀어젖히고 은수는 기어서 그자에게 다가앉는다. 다리에 맥이 없어 설 수가 없었다. 그는 다가서는 은수를 돌아본다. 아직 의식이 있다. 그의 배에 박혀 있는 검을 본다. 위치로 보아선 간이 있는 부위다. 검이 출혈을 막고 있다. 수술만 하면 살릴 수 있다. 수술할 수 있는 도구만 있다면.

아까의 중년 사내가 조심성 없이 바로 옆으로 다가선다. 은수가 날카로워져서 소리 지른다.

"그 칼. 조심해요. 빠지면 안 돼. 그게 지금 간신히 출혈을 막고 있으니까 그 칼이 빠지면 장담 못 해요. 여기 수혈도 안 되고 그리고……."

"이러고 있을 시간이 없습니다. 언제 다시 놈들이 습격해 올지 몰라요. 놈들은 이제 전하뿐이 아니고 하늘에서 오신 의원님까지 노리고 있는 것이 분명합니다. 따라서……."

"여기 테이프 같은 거 없어요?"

은수는 옆의 다른 사내에게 묻는다. 충석이 어리둥절해

서 되묻는다.

"테…… 뭐요?"

"여기 박힌 칼하고 같이 묶어서 이동할 거예요. 칼이 움직이지 않게, 질긴 천이나 그런 거……."

아까의 중년 사내가 또 끼어든다.

"이럴 시간이 없다지 않습니까. 당장 가셔야 합니다."

"글쎄 그냥 못 간다고요. 이 사람 이동할 수 있게 우선 처치를 해야 움직일 수 있다고. 그러니까……."

"이자는 버리고 갈 겁니다."

은수가 방금 들은 말이 믿어지지 않아 본다. 사방에서 갑옷 입은 사내들이 울컥하며 다가서는 걸 보니 같은 생각들인 모양이다. 그러나 중년의 사내는 끄떡도 없이 검에 찔려 누워 있는 그에게 묻는다.

"대장, 정신이 있으면 답하시오. 그대 때문에 지체하게 되면 전하가 위험해져. 그래서 그대는 놓고 가야겠네. 동의하시는가."

뭐라는 거야. 옆에 붙어 있던 갑옷 사내가 애타게 부른다.

"대장."

그랬더니 누워 있는 그가 그런다.

"가."

"그럼 몇 놈 남겨놓고 가겠습니다."

174

"자꾸 말 시키지 마. 아파. 다 데리고 가. 귀찮아."

다들 미쳤다. 은수가 미친 소리들을 자른다.

"이 수술 나 혼자 못 해요. 적어도 두 명은 날 도와줘야 된다고. 그리고 내 도구도 필요하고. 이 사람 수술할 만한 곳으로 누가 옮겨줘야겠는데……."

중년의 사내가 또 끼어든다.

"하늘의 의원님. 지금 상황을 잘 모르시나 본데……."

"상황, 알아요. 이 사람 내가 찔렀고 이 사람 죽으면 내가 뭐가 돼. 살인자가 되잖아. 난 그렇게 못 해요. 내가 이 사람 살려낼 거니까……."

"그럼 이렇게 하지요."

하더니 다음 순간 중년의 사내는 그의 배에 꽂혀 있던 검을 쑤욱 빼버렸다. 빼낸 자리로 피가 솟구쳤다. 은수가 미친 듯이 달려들어 두 손으로 상처 부위를 누른다. 그 옆에서 중년의 사내가 떠든다. 저자가 제일 미쳤다.

"이제 우달치 대장, 이자는 내가 죽인 겁니다. 그러니 염려 마시고 이제 일어나십시오. 모셔가겠습니다."

은수가 소리 지른다.

"내 도구. 수술 준비 좀 해줘요."

옆의 갑옷 사내가 외쳐 부른다.

"대만아."

"준비하겠습니다."

달려가려는 폭탄머리 아이에게 재빨리 지시한다.

"깨끗한 천이 많이 필요해요. 물은 끓여서 식힌 걸로 준비해주고."

"깨끗한 천. 끓인 물. 많이."

폭탄머리 아이가 복창하며 달려간다.

"누가 여기 좀 눌러줘요."

갑옷 사내들이 우르르 달려드는데 그중의 하나가 은수가 내어준 자리를 누른다. 은수가 목걸이를 내주고 바꿔 입었던 옷을 벗어 찢어낸다. 임시 붕대를 만들 참인데 중년의 사내가 제 딴에는 근엄하게 외친다.

"무엇들 하는 겐가. 모두 내 명을 들으라. 지금 당장 하늘에서 오신 분을 모시고⋯⋯."

출혈을 막으며 누르고 있던 갑옷 사내가 버럭 소리 지른다.

"하늘에서 오신 분께서 명하시잖소. 여기, 누르라고!"

사람이 다니는 길은 이리저리 평탄한 곳을 찾아 만들어진 우회로였기 때문에, 대만이 선택한 하늘문에서 객잔까지의 직선 길은 산으로 들로 이어졌다. 누가 보면 네발로 달리는 짐승인 줄 알았을 것이다. 실제로 오르막은 두 손

두 발을 이용해 달려 오르고 비탈길은 넝쿨을 휘어잡아 몸을 날려 미끄러져 내렸다. 워낙 달리는 속도가 빨라서 그가 스치고 지나간 나뭇잎들이 그의 볼 위에 날카로운 상흔을 남긴다.

달리면서 대만은 울고 있었다. 대장을 따른 지 사 년인가 오 년인가. 시간 따위 관심이 없는 대만이 그 정확한 기간은 알 수 없었지만, 그 긴 시간 동안 대장이 그리 심하게 다치는 것을 본 적이 없었다.

대장은 늘 가장 위험한 곳에 가장 먼저 달려갔고, 부하들을 뒤에 대기하라 명하고 혼자 나서는 경우도 많았다. 그 어떤 경우에도 대만은 대장을 따랐다. 대장과 뒤에 남겨진 부하들 사이를 잇는 연락책은 늘 대만의 몫이었다. 그래서 번듯한 가문의 자제들이 대부분인 우달치 부대원들 속에서 저 혼자 근본 없는 출신이었지만, 대만은 모두가 인정해주는 소속원이었다. 그랬다. 모두는 인정했다. 알 수 없는 대장의 모든 것을 알고 있는 것은 대만뿐일 것이라고.

대만 스스로도 그렇게 믿고 있었다. 자신만은 대장의 모든 것을 안다고. 대장은 그 어떤 위험 속에서도 죽지 않는다고. 아무리 심하게 다쳐봤자 팔이나 허벅지를 슬쩍 베였을 뿐이었고, 그 정도는 장빈 선생의 약만 발라주면 이삼일 안에 새살이 돋아났다고. 세상의 그 누구도 대장의 배에 검을 찔러 넣을 수는 없다고 믿었다. 그런데 하늘사람이 그렇게 했다. 대장은 피하지도 못했다. 대장이 피하지 못할 거라고는 그 누구도 생각하지 않았는데, 대장은 그 허술한 검에 찔렸다.

대장이 죽으면 대만은 살 수가 없을 것이다. 대장의 뒤를 따라가지 않으면 어디로 가야 하는지 대만은 알지 못한다. 늘 대장이 보는 세상을 보아왔는데 대장이 아무 데도 보지 않게 되면 대만은 무엇을 보아야 하는지 알 수 없게 될 것이다.

저 멀리 객잔이 보이기 시작했을 때 대만은 더 이상 울지 않고 있었다. 대장은 죽지 않는다. 그 사람, 하늘의원이 살려내겠다고 말했다. 대만이 하늘사람의 도구만 준비해놓고 기다리면 살려줄 것이다. 애당초 그 하늘사람이 대장을 죽이려 했다는 것을 대만은 잊기로 한다. 그래야만 대장이 살 수 있으니까 그건 잊는다. 다만 하늘사람이 살려주겠다고, 그러니 도구를 준비하라고 했던 말만 기억한다. 깨끗한 천. 끓였다 식힌 물. 많이.

왕을 지키던 돌배는 긴 창을 돌려 잡으며 입구를 막아섰다. 아래층에서부터 뭔가가 요란스럽다. 우당탕 계단을 달려 올라오는 소리에 잠깐 긴장을 했는데 벌컥 열린 문으로 들어서는 이는 대만이었다.

"도구를 가지러 왔습니다. 하늘의원이 준비하라 했습니다."

대만답지 않게 헐떡이고 있다. 웬만큼 달려서는 숨이 차지 않는 아이다.

"무슨 일이야?"

물었으나 대만은 이미 왕비가 있는 침상으로 이동하고 있다. 저놈이 감히 왕비마마의 옆으로. 놀라 보았을 때 이미 대만은 왕비의 침상 옆에 있던 하늘의원의 도구를 보자기에 마구 쓸어 담고 있었다. 그러느라 항생제 병 하나가 굴러떨어진다. 대만의 손목을 장빈이 잡아챈다.

"의원의 도구? 왜?"

대만이 손을 거칠게 뿌리친다.

"누가 다친 거냐?"

장빈이 재차 묻자 대만이 반쯤 울먹이며 답한다.

"대장이 검에 찔렸습니다."

모두가 놀라는 가운데 먼저 나선 이는 왕이었다.

"대장이 다쳐? 그럼 그자가 내 명을 거역한 것이냐? 그래서 그를 벤 것이야?"

"우…… 우리 중에 누가 대장을 베요. 우리가 다 덤벼도 대장은 못 뵙니다. 제발 좀. 대장이 죽습니다. 이…… 이거 가져가야 합니다."

대만이 보자기를 집어 들고 나서려는데 그 앞을 왕이 막아서며 역정을 낸다.

"내가 묻지 않는가."

할 수 없이 멈춰 선 대만의 얼굴에 반항기가 가득하다. 대만에게는 잘 알지도 못하는 왕보다 대장이 훨씬 더 중하다.

"우달치 대장 최영. 그자가 내 명을 거역했어? 그래?"

"어…… 어명. 따르셨습니다. 그래서 죽어갑니다. 그러니까 제발……."

그때였다. 왕비가 끼어든 것은.

"가라. 내가 허락한다."

왕비의 말이 떨어지자마자 대만은 왕의 옆을 지나쳐 나간다. 그 와중에 대만의 발에 항생제 병이 밟혀 깨진다. 대만이 얼핏 내려다보았지만 무시하고 뛰쳐나간다. 왕이 어이가 없어 왕비를 본다. 왕비는 왕 쪽은 보지도 않으면서 또 말한다.

"장 어의."

"예, 왕비마마."

"가보게. 우달치 대장은 내 목숨을 살린 사람. 내가 왕비의 이름으로 명을 내리니 가서 살려주게, 그 사람."

장빈이 고개를 숙이면서 슬쩍 왕의 눈치를 본다. 연경에서 출발을 위한 준비 기간을 합쳐 한 달 넘는 기간 동안 이 두 분을 보아왔다. 두 분 사이가 어떤지 파악하기에는 충분한 시간이었다. 왕은 분노를 간신히 누르고 있다. 왕비가 그런 왕에게 묻는다. 어떠한 경우에도 희로애락을 드러내지 않는 왕비의 한결같은 어조다.

"이렇게 명을 내려도 괜찮겠습니까, 전하?"

잠시 왕과 왕비의 시선이 마주쳐 정지했다가 왕이 허락한다.

"어의는 가보시게."

장빈이 고개를 숙여 보이고 조용히 방을 물러나다가 돌배와 시선이 마주친다. 돌배는 저희의 대장이 죽어간다는 말에 받은 충격에서 헤어나질 못하는 눈빛이다. 간절하게 장빈을 본다.

객잔 아래층의 문이 벌컥 열리며 대원들이 최영을 실은 들것을 들고 들이닥쳤다. 기다리고 있던 장빈이 일층의 안쪽 방으로 안내한다. 충석의 호위를 받아 그 방으로 들어서면서 은수는 재빨리 안의 상황을 점검한다.

한의사는 왕비라는 여인의 시술 때 보고 들은 것을 빠짐

없이 기억하고 있었던 모양인지 그가 준비해놓은 모든 것은 만족스러웠다. 수술 도구들은 소독이 되어 가지런히 놓여 있다. 침상에는 하얀 보가 깔려 있었고, 옆의 화로에는 끓는 물이, 그 옆에는 끓여 식힌 물이 준비되어 있다. 깨끗한 천도 충분한 양이 쌓여 있다.

"셋 하면 한 번에 옮겨주세요. 하나, 둘, 셋."

환자를 침상에 눕힌다. 이동하기 전에 갑옷 사내들의 도움을 받아 환자의 상의를 대충 잘라 걷어내고 본 바로는 출혈이 그렇게 심하진 않았다. 혈관을 다쳤으면 출혈이 걷잡을 수 없었을 것인데, 지금 상태로 봐서 대동맥은 안 다친 듯하다. 그리고⋯⋯.

은수는 움찔해서 생각을 멈춘다. 침상에 눕혀진 그자가 눈을 뜨고 있다. 힘겹게 호흡을 이어가면서 신음 소리 하나 없이. 그 눈이 은수를 얼어붙게 했다. 마치 죽은 듯이 아무것도 보고 있지 않은 눈이다.

아까의 그곳에서 갑옷 사내들이 후다닥 나무를 자르고 이어서 임시 들것을 만드는 동안, 은수가 어떻게든 지혈을 해보려고 애쓰는 동안 그의 눈은 아직 살아 있었다. 임시 붕대를 그의 가슴에 둘러매는데 그가 한 손을 올려 은수의 옷깃을 잡아끌었다. 복부를 찔려 죽어가는 사람답지 않게 세찬 손길이었다. 주변의 누구도 듣지 못하게 은수의 얼굴을 가까이 당겨 낮게 말했다.

"임자가 한 게 아냐."

"뭐라고요?"

"임자는 죽었다 깨도 날 찌를 수 없어."

은수가 당황하여 잡힌 옷깃을 빼내려 했지만 그는 더욱 세게 틀어쥐고 말했다.

"내 말 잘 들어. 정말 날 살려주고 싶으면 그냥 내버려 두고 가. 나 혼자 알아서 살아날 거니까 제발 나 좀 여기 버려 달라고."

"샤랍."

평소 하던 말버릇이 먼저 나왔다. 무슨 말 같지 않은 소리야?

"뭐?"

"입 닥치라고요."

그의 손을 거칠게 떼어내고 바로 앉아 말해주었다.

"잘 들어요. 순서가 이렇게 되는 거예요. 우선 내가 당신 살릴 거야. 그담에 혼자 어디 가서 죽든가 말든가 알아서 하라고. 그 전에 지 맘대로 죽기만 해봐."

그러자 그가 은수를 쳐다봤는데 그 눈에 어린 것은……
그래, 절망이었다.

갑옷의 사내들이 그를 들것으로 옮기고, 저마다 달려들

183

어 들것을 들고 이동하는 동안 그는 더 이상 말이 없었다.

그리고 이제 그는 다 놓아버린 눈을 하고 있다. 겁이 더럭 난다.

"이봐요."

그에게 붙어 경동맥을 짚어본다. 약하지만 뛰고 있다. 그의 귓가에 대고 말한다.

"내가 살릴 거예요. 살릴 거니까 갈 생각하지 마요. 내 말 들리죠?"

그는 미동도 없다. 그러나 그의 눈이 잠깐 흔들리는 것을 보았다. 그는 아직 의식이 있다. 은수의 마음이 이상하게 흔들린다. 그 흔들리는 마음을 다잡으려고 일부러 크게 지시한다.

"불 있는 대로 다 켜줘요. 아주 밝게 만들어야 돼요."

수술 도구를 체크하다가 멈춘다.

"항생제. 하나 남아 있는 거 봤는데……."

입구 쪽에 서 있던 폭탄머리를 발견한다.

"요만 한 병 못 봤어요? 항생제. 그거 없이 이런 거지 같은 데서 개복 수술하면 이 사람 패혈증 걸려 죽는다고."

폭탄머리가 뭔가 생각해낸 듯 아, 하고 소리를 낸다. 울상이 된다.

"깨…… 깨먹었습니다. 내가 발로……."

답답해지며 주위를 둘러본다. 작은 방은 안팎으로 몰려 선 사내들에 의해 가득 차 있다.

"당신들 다 나가. 근처에도 오지 마요. 당신들 다 세균 덩어리니까."

말 한마디에 모두 우르르 몰려 나간다. 이제 방 안에는 한의사와 그의 조수인 듯한 자만 남았다. 은수가 침상 건너편의 한의사에게 묻는다.

"항생제하고 마취약이 필요한데 비슷한 거 뭐 없어요? 세파. 아미킨…… 그런 거. 아무거나……."

한의사가 찡그려 쳐다본다. 생전 처음 듣는 소리라는 듯. 은수의 머릿속이 또 엉클어진다. 그래, 여기는 휴대전화가 뭔지도 모르는 세상이었다. 꿈도 아니고 세트장도 아닌 어떤 세상. 그리고 내가 사람을 찌른 세상.

침상 위에 누운 그자를 내려다본다. 여기가 어딘지는 모르겠는데 우선 이 사람은 살리고 보자. 수혈할 혈액은커녕 수액 하나 없지만, 혈압이고 맥박이고 체크할 수 있는 기기 하나 없지만, 살릴 수 있다. 내가 살릴 거니까.

최영은 한숨처럼 눈을 감았다. 이 여인은 포기할 생각이 전혀 없다. 의식의 문을 닫는다. 그래도 여인과 장빈의 목

185

소리가 들린다.

"마취제가 필요하다고 했잖아요."

"이게 그겁니다. 제가 만든 마비산."

"그런데 이 사람 왜 아직 멀쩡해요."

"산 사람의 정신을 어찌 그리 금방 닫을 수 있겠습니까?
기다려보세요."

최영은 문을 또 하나 닫는다. 더 깊숙하고 더 어두운 곳으
로 들어간다. 여인의 목소리가 멀어지고 이윽고 차단된다.

조일신이 검에 찔린 그를 버려두고 가겠다고 했을 때 하
마터면 웃을 뻔했다. 그렇구나. 그런 방법이 있구나. 칠 년
을 하루같이 곁에서 떼어놓지 않던 귀검과 함께 남게 된다
면 나쁘지 않다. 생각했던 것보다 훨씬 낫다. 바람이 모여
드는 이런 장소라면 오히려 과분하다고 순간 생각했다. 그
러나 여인은 포기하지 않았다.

어둠 속에서 최영은 웅크리고 앉아 중얼거린다.

아, 지친다.

그렇게 말을 했더니 정말 손끝 하나 까딱할 수 없게 되었
다. 하늘의 여인은 기어코 나를 다시 살려낼 생각일까. 내
가 그렇게 간청을 했건만 참으로 남의 말을 듣지 않는 여인
이구나.

붉은 머리칼. 그리고 그 내음. 최영의 마지막 남은 의식

도 두어 번 깜박이고는 꺼져버렸다.

　한의사가 환자의 입에 흘려 넣은 마비산이란 것이 작용을 했는지 그가 마취 상태에 들어갔다. 은수는 베타딘으로 환자의 복부를 닦아내며 머릿속으로 분주하게 시뮬레이션을 해본다. 다행히 흉부외과 전공의 시절, 식도암 수술을 하면서 복부 수술은 많이 해봤다. 젊은 남자의 복부, 그것도 운동으로 다져져 단단해진 여러 겹의 복벽이다. 피부, 피하 조직, 여러 겹의 근육, 복막, 그것을 정확히 가르고 열어서 출혈 부위를 확인하는 일은 쉬운 일이 아니다. 일단 복부용 리트랙터로 당겨서 시야를 확보해야 하는데……. 아, 복부용 리트랙터. 없다. 아미를 들어 한의사에게 보여준다.

　"이거보다 열 배쯤 큰 거 있어요?"

　그가 고개를 가로젓는다. 주위를 둘러보는데 누군가 들여놓고 간 검이 눈에 띈다. 아까 자신이 이자를 찌른 그 검이란 걸 알아본다. 그 검의 자루 부분이 열십자 모양이다. 달려가 검을 들고 왔더니 한의사가 경계를 한다. 천으로 자루 부분을 팔자로 단단히 감는다. 사용하는 동안 검이 빠지면 안 되니까.

"이걸로 가른 부위를 잡아당길 거예요."

"가른 부위?"

검을 한의사의 조수에게 떠맡기고 메스를 들어 절개할 부위를 살피는데 그 손목을 한의사가 낚아챘다.

"뭐 하시는 겁니까?"

"개복을 해야 한다고 했잖아요, 개복."

"칼에 찔린 사람 치료하신다더니 멀쩡한 배를 가르겠다고?"

"놓으세요."

"그대가 죽이려고 찔렀던 사람. 이제 다시 살리겠다는 말, 믿어도 되겠습니까?"

은수는 순간 말문이 막힌다. 이 세상 한의원은 수술에 대한 개념이 없다. 그러나 개념 정리할 시간이 없다.

"나 하늘에서 온 의원이라면서요. 그러니까 믿으시라고."

한의사가 은수의 팔목을 잡은 그대로 은수를 본다.

"이 환자 이렇게 출혈이 계속되면 하늘이고 뭐고 죽어요. 살릴 수가 없다고."

되도록 전문가답게 말하려 했는데 어쩔 수 없는 초조함이 묻어나가 애원 조가 된다. 한의사가 잠시 더 보다가 팔목을 놓아준다. 메스를 다시 겨눈다.

수술을 몇 번, 몇 수십 번을 해봤어도 상관없이 이 순간이 제일 무섭다. 제일 처음 살아 있는 사람의 몸에 메스를 찔러 넣는 순간. 일단 한번 찔러 넣고 나면 그다음은 온전히 나의 책임이다.

찔러 넣고 단번에 긋는다. 정확했다.

검을 받아 자루 부분으로 걸어 당기게 한다.

"잡아주세요."

조수가 잡아 당겨준다. 출혈 부위를 확인한다. 위장은 괜찮고, 췌장도 괜찮다. 큰 혈관들도 다 괜찮다. 아아, 다행이다. 고맙다. 관통상의 위치를 보고 따라가니 간열상이 보인다. 봉합하면 되겠다.

그러나 수혈 팩도 항생제도 없는데? 불쑥 고개를 들이미는 부정적인 요소는 얼른 치운다. 일단 간다. 아미로 간이 보이는 시야를 잡고, 작은 혈관들은 모스키토로 잡아서 한번에 하나씩. 내가 할 수 있는 최고의 기술로.

대장이 하늘의원의 치료를 받는 방의 문 앞에 충석은 애가 달아 서 있었다.

믿어도 되나. 그 하늘여인? 장빈 선생이 계시니 괜찮겠지. 혹 그 하늘여인은 무술을 하나? 전혀 그리 보이지는 않았는데. 아니지. 대장이 당한 것을 보면 뭔가 하늘의 사술을 쓰는지도 모른다. 그런데 왜 죽일 듯이 찔러놓고 다시 살려주겠다는 건가? 뭔가 깊은 뜻이 있는 것일까?

머릿속이 생각으로 죽처럼 끓는데 포구로 보냈던 점오가 달려왔다.

"배가 준비되었습니다. 언제든 떠나면 되겠습니다."

옆에 있던 덕만에게 방을 지키라 이르고 전하가 계신 이층으로 향한다. 이미 오후로 접어드는 시각이다. 어서 서두르지 않으면 해가 질 것이다. 그러나 서두르면 대장은. 놓아두고 가야 하나? 대장은 그렇게 명했다. 놓아두고 가라고. 그래도 되나?

칠 년 전 처음 대장을 만나기 전에 미리 얘기를 들었었다. 스물두 살밖에 되지 않은 애송이가 대장으로 발령받아 온다고. 그때 충석은 갑조의 조장이었다. 선임 대장은 당시 주상이셨던 충혜 선왕의 미움을 받아 사약을 먹고 죽었다. 무사에게 목을 베는 것도 아니고 사약을 먹고 죽으라니. 우달치 대원 모두는 울분을 토했지만 나서는 자는 없었다.

선임 대장이 인망이 없기는 했다. 왕의 숙위와 그에 따른 은총을 빙자해 역마를 마음대로 타고 다니고, 향리와 결탁해 수령에 대항하는가 하면, 백성들도 사사로이 부리고 심지어 타인의 토지를 강제로 점탈하기도 했다. 우달치 대원들의 훈련장에 나오는 법도 없었다. 대원들의 훈련은 거의 충석이 담당했는데 맨 꼭대기의 행태가 그러하므로 진지하게 훈련에 임하는 대원은 별로 없었다.

그런 우달치 부대에 부임해왔던 스물두 살의 어린 대장. 전하의 명이라니 받아들이기는 했으나 처음부터 모든 대원들의 마음은 삐딱했다. 몇몇 대원이 소리 내어 말하기도 했다. 충석이 차기 대장이어야 마땅하지 않느냐고. 충석은 속으로 다행이라고 생각했었다. 조석으로 변덕을 부리는 주상 밑에서 우달치 대장 직을 맡는다는 것은 목숨을 쟁반에 얹어 내놓는 일이었으니까.

그 이후로 오늘까지. 이제 충석에게 대장은 주상의 바로 다음이다. 주상이 맨 윗자리인 것은 주상의 이름 때문이지만, 그다음이 대장인 것은 마음으로 감복했기 때문이다. 그런 대장을, 죽어가는 대장을 혼자 놓아두고 갈 수 있을까. 내가 그럴 수 있을까?

왕은 충석의 보고를 듣는다. 대장이 어떤 일을 당했는지, 그 직후 혼자 남겠다 한 것도. 지금 하늘여인이 어찌 해주고 있는지, 상태가 어떤지, 그리고 배가 준비되었다는 것도.

"바로 출발 준비를 하겠습니다."

하고 부장인 충석이 말한다. 왕은 잠시 대답이 없다. 등 뒤에서 이쪽을 보고 있을 왕비를 느끼고 있다. 언제나 남의 시선에 의해 결정을 내리는구나, 하고 왕은 씁쓸하게 생각한다.

"기다리겠네."

부장이 놀란 눈으로 본다.

"대장이 거동할 수 있을 때까지 기다려 함께 움직일 것이야."

"세 번째 습격이 있을지 모릅니다. 저번보다 더 많은 인원이 오거나 내공의 고수가 오기라도 한다면 저희로서는 힘듭니다."

"내가 말했다. 기다리겠다고."

부장이 고개를 숙여 명을 받든다. 고개를 숙이기 전에 그 눈에 안도의 빛이 지나가는 것을 왕은 보았다. 돌아서다 보니 방 안을 지키던 다른 우달치 대원들이 저희끼리 시선을 주고받는다. 하나같이 안도하고 있다. 바로 출발하여 배를 타면 훨씬 안전해질 것이다. 이 낯선 왕을 지키기 위해 더는 목숨을 걸지 않아도 될 것인데 오히려 남는 것을 반기고 있다. 대장을 홀로 두지 않아도 된다는 것만으로 그들이 좋아한다. 여러 번 느낀 바이지만 우달치 대원들은 하나같이 그 대장에 대한 충성심이 헤아릴 수 없게 깊었다. 갖고 싶다. 이런 우달치들의 대장을.

가질 수 있을까. 저도 모르게 왕비 쪽을 본다. 왕비가 이쪽을 보다가 시선을 돌린다. 침실 안까지 무사들을 들여 지키게 하는 것이 못내 불편할 것인데 한마디도 없다. 왕비는 왕에게 아무것도 불평한 적이 없다. 청한 적도 없다. 그래서 왕은 한 번도 왕비를 가졌다고 생각해본 적이 없다.

내가 가진 것은 아무것도 없다. 왕은 창문 쪽을 향해 움직인다. 우달치 중의 하나가 조용히 옆으로 다가와 선다. 혹여 밖에서 화살이라도 날아오면 이 대원은 서슴없이 왕을 감싸 대신 화살을 맞을 것이다. 그러나 그 또한 내 것이 아니다.

그러니 기다리겠다. 대장이 움직일 수 있을 때까지 기다리겠다. 그렇게 하면 대장은 마음을 움직여줄지 모른다. 왕인 내가 습격의 두려움을 안고 자신을 기다렸다는 걸 듣게 되면, 이렇게나 내가 자신을 중하게 여긴다는 것을 알게 되면, 무사의 언약을 놓고 그를 시험한 것을 용서해줄 것이다. 내가 얼마나 미안해하는지 알아줄 것이다. 어쨌든 나는 왕이고 저는 나의 신하. 어쩌면 왕인 나의 은애에 감읍해주진 않을까? 그러니 대장, 어서 깨어나라. 내가 그대를 이토록 기다리고 있다.

그 밤이 지나갔다.

다행히 밤새 습격은 없었다. 적들도 희생이 커서 추스르고 지원군을 받을 시간이 필요할 것이다. 그러나 이쪽 우달치 대원들은 한계에 도달하고 있었다.

객잔에 도착하기 전에도 이십여 일간 강행군을 했던 대원들이다. 주상과 그 주변인들은 밤이면 잠을 잤으나 우달치들은 교대로 번을 서야 했다. 객잔에 도착한 뒤로 이틀 밤낮 동안 대원들은 거의 자지 못했다. 교대로 한두 시진(時辰)씩 재우긴 했으나, 그것으로는 긴장하여 버티는 나머지 시간의 피로를 풀기에는 역부족이었다.

최영은 아까부터 조금씩 의식이 깨어나고 있었다. 귀를 기울여본다. 사방이 조용하다. 왼쪽으로 온기가 느껴진다. 아침 햇살인가. 몸의 상태를 확인해본다. 진기가 조금도 모아지지 않았다. 무리하여 힘을 돌렸더니 복부 쪽에서 숨 막힐 듯한 통증이 느껴졌다. 손가락과 발을 움직여본다. 사지에는 별 이상이 없다. 다만 복부 쪽의 검상으로 인해 단전이 텅 비었다.

눈을 떠야 할까. 정신이 온전하게 다 돌아온 뒤에도 머뭇거린다. 다시 돌아왔구나, 이 세상에. 어쩐지 웃고 싶어진다. 그래, 그렇게 쉽게 떠날 수 있었다면 진즉에 갔었겠지.

최영이 눈을 떴다. 새벽빛이다. 눈앞의 허공만을 보면서 가늠해본다. 새날이 시작되고 있고, 오늘의 날씨는 청명하겠구나. 일어나려다가 저도 모르게 신음이 새어나온다. 고통스러운 배를 움켜쥐고 가까스로 앉다가 멈칫한다.

발치 저쪽 의자에 그 여인이 있었다. 새벽의 공기가 추운 듯 웅크린 자세로 자고 있다. 붉은 머리가 흩어져 얼굴에 드리워져 있다. 피곤하여 창백해진 얼굴로 참으로 곤히 잠들어 있다. 밤새 거기 있었는가? 나를 돌보려고? 깨어날 때면 늘 느끼던 우울함이 조금 누그러지는 기분이 된다.

아래를 내려다본다. 복부에 흰 천이 둘둘 말려 있는데 그 맵시를 보아하니 아마 저 하늘의 여인이 매어준 모양이다.

여인의 잠을 깨울세라 조심하며 침상에서 내려선다. 자신의 귀검이 기대어 세워져 있는 문갑 위에 옷이 개어져 있었다. 세탁하여 피가 묻어 있지 않은 옷이다. 대만이 챙겨 놓은 것이겠지. 옷을 들쳐 입고 귀검을 집어 들다가 통증에 비틀하여 문갑을 짚는다. 바닥이 기울어진 문갑이 소리를 낸다. 심호흡으로 통증을 다스리다가 뒤의 기척을 듣는다. 여인을 깨워버렸다. 뭔가 후다닥 바쁜 소리가 난다. 돌아보았더니 여인이 작은 칼을 두 손으로 잡아 자신을 겨누고 있다. 날카로운 하늘 의료 도구 중의 하나로 보인다.

"꼼짝 마."

라고 여인이 말해서 어처구니없는 기분이 된다.

"그 칼 내려놔. 안 그러면……"

"어쩌시려고."

여인이 두려운 눈으로 머뭇거린다. 그 눈에 왠지 우스갯소리를 해주고 싶어진다.

"찔러놓고 밤새 치료해주고 또 찌르시려고? 그리고 또 치료해주고?"

여인이 슬그머니 칼 든 손을 내린다. 머쓱해하고 있다. 속으로 좀 웃는데 문이 벌컥 열리며 대만이 들어섰다.

"대장."

대만이 걸리적거리는 여인을 옆으로 밀치며 뛰어 들어온다. 저 자식 저거.

"대장…… 대장……."

좋아 어쩔 줄 모르고 주위를 맴도는 대만에게 묻는다.

"내가 얼마나 정신을 놓았었냐?"

"하…… 하룻밤입니다. 지금은 새벽이고."

"전하는 떠나셨겠지?"

"아직…… 계십니다."

"왜?"

짜증이 확 솟구친다. 왜?

"전하께서 기…… 기다린다 하셨답니다. 대장이 깨어나면 그때……."

"빌어먹을."

복부를 움켜쥔 채 문 쪽으로 움직인다. 여인이 놀라 묻는다.

"어디 가요?"

무시한다. 문을 열고 나서는데 뒤에서 여인이 계속 부른다.

"미쳤어요? 이거 봐요, 환자 분."

방을 나서 움직이는데 주석이 먼저 달려왔다.

"대장."

뒤이어 몇이 더 달려온다. 부장은 애들 번을 어떤 식으로 세워놓은 거야. 왜 일층에 이리 많은 놈들이 있어? 부지런히 들고 달려온 대만이 입혀주는 대로 갑옷을 입으며 묻는다.

"전하는 어디 계신가?"

"위층에 계십니다."

"덕만이."

"예."

막 지시를 내리려는데 하늘여인이 달려 나왔다.

"내 말 안 들려요? 지금 절대 안정이 필요하다고요."

둘러서 있던 대원들을 마구 헤치며 가까이 붙는다. 여인은 겁이 없다.

"간신히 봉합해놓은 거 다 터지면 어쩌려고."

계속 지시한다.

"바로 떠날 테니까 배 준비시켜."

"예."

여인이 아예 최영 앞으로 밀고 들어와 똑바로 선다. 진짜 성이 난 얼굴이다.

"이게 무슨 피부 찢어진 거 몇 바늘 꿰맨 건 줄 알아요. 배 속에 간이 찢어진 거 겨우 하나하나 봉합해놓은 거란 말이에요."

"주석아."

"예."

"말들 단속해. 배에 태워야 할 거니까……."

여인이 최영의 옷깃을 잡아채 자기를 보게 한다. 최영보다 주위의 부하들이 더 놀라서 본다.

"당장 저 방, 침대로 돌아가요. 내일 이 시간까지 경과를 보고 움직여도 되는지는 내가 말해줄 거예요. 그리고 방귀, 방귀 알죠? 제대로 방귀 나올 때까지는 금식."

주변에서 부하들이 숨을 삼키는 소리가 들린다. 모두 놀라 숨죽이고 있다. 여인 혼자 당당하다.

"절대 아무것도 먹으면 안 돼요. 그리고 실밥은 보름 후에 뽑을 거예요. 그때까진 내가 하라는 대로 해줘야겠어요. 문제는……."

순간, 복부에서부터 찌르며 솟구치는 통증에 휘청하며 몸이 앞으로 기운다. 여인이 놀라 받쳐준다. 그 어깨에 팔을 둘러 의지하며 간신히 아픔을 삼킨다. 그러면서 여인의 입도 다물게 한다.

"문제는 지금 당장 도망가지 않으면 우리가 다 죽는다는 겁니다. 이 몸으론 내가 싸울 수가 없어요."

"왜요."

"방귀 나올 때까지 먹지도 말라며. 어떻게 싸워."

"아니 내 말은…… 우리가 왜 죽느냐고. 누가 우릴 왜……."

"누가 왕비마마께 신발 하나 얻어 와. 이분 신으실 거라고."

하고 말하며 몸을 일으키려는데.

"이 인간이 정말."

여인이 벌컥 화를 내며 최영의 팔을 뿌리치려고 한다. 그러나 미리 몸을 피한 최영 때문에 헛손질을 한 여인이 비틀하며 반 바퀴를 헛돈다. 마저 돌려세워 그 어깨를 양손으로 잡아 자신을 보게 한다.

"임자를 골라 잡아간 것은 임자가 누군지 저들이 알았단 얘기요."

"저들?"

"놈들이 어디까지 아는지 모르겠지만 그놈들이 다시 붙기 전에 도망치는 게 상책이야."

"도망가다니. 어디로. 내가 왜."

한숨이 나온다. 여인은 모르는 것은 한마디도 그냥 넘어가는 법이 없다. 둘러선 부하들은 넋을 잃고 관람 중이다. 길게 끌며 말을 주고받을 일이 아니다. 명령도 부탁도 아닌 어조가 되었다.

"임자를 돌려보내준다는 언약을 지키려면 일단 임자가 살아 있어야 되잖아. 그때까진 내가 지켜준다고. 그러니 나한테 딱 붙어 계시라고."

말을 끝내자마자 여인을 옆으로 치워버린다. 더 이상의 문답은 불허할 생각이다. 이층 쪽으로 이동하며 부하들에게 나머지 지시를 내린다.

"마차 준비해. 포구까지 전하와 왕비마마를 모실 거니까."

뒤에서 여인이 앙칼지게 소리친다.

"가긴 어딜 가."

아픔을 드러내지 않으려 애쓰며 이층까지 걸쳐놓은 널빤지 위를 걷는다. 여인은 계속 떠든다.

"내가 돌아가는 문. 그 구멍. 이 동네에 있잖아요. 근데 여기 놔두고 어딜 가. 난 안 가요. 못 가."

할 수 없이 대만을 부른다.

"대만아."

"예, 대장."

"어떻게 좀 해."

대만이 뒤로 달려간다.

어떻게 좀 해드려라. 여기 놓아두고 갈 수는 없다. 묵가의 놈들이 눈독을 들이고 있다. 혼자 놓아두었다간 해가 지기도 전에 끌려갈 것이다. 그렇다고 함께 남을 수도 없다. 아직은 매인 몸이라서 남고 싶다고 남을 처지가 못 된다. 무엇보다 그 하늘문이란 것이 언제 다시 열릴지 알 수가 없다.

간신히 널빤지의 경사를 오르는 최영의 옆으로 충석이 달려온다. 반가움을 애써 누르는 표정이다.

"일어나셨습니까? 몸은……."

"이 동네에 믿을 만한 자를 구해봐. 하늘문 옆을 지키게 하고. 약간의 이상이라도 있으면 바로 개경까지 연락이 오게 조치해."

"알겠습니다."

"하늘문에 대해서 뭔가 아는 자도 수배해. 옛말이든 뭐든 좋으니까, 정보가 필요해."

"정확히 알고 싶으신 게……."

"언제 다시 열리는지 그걸 알아야겠다."

돌려보내야 하니까. 무책임하게 죽음으로 도피하려던 자신에 대한 부끄러움으로 그 여인과의 언약이 몇 배나 무거워졌다.

은수는 누군가 가져다준 비단신을 야무지게 신었다. 얼추 사이즈가 맞는다. 그자가 임시로 신겨주었던 토시를 들고 어쩔까 잠시 고민한다. 내 발에 신고 돌아다니던 것을 그자가 다시 사용할 리는 없지만 그저 버리기도 왠지 망설여진다. 대충 탈탈 털어서 옆에 얹어놓는다.

도대체가 규정이 안 되는 자다. 타인의 감정 따위에는 무감한 사이코패스가 틀림없다고 판단할 만하면, 예상치도 못했던 배려로 혼란스럽게 한다. 납치해온 여자의 맨발이 걱정되어 자신의 토시를 빼내어 직접 신겨주는 사이코패스도 있나?

대학 시절, 빠듯한 시간표를 쪼개어 심리학 과목을 찾아 듣곤 했다. 심지어 청강을 하기도 했다. 재미있다기보다 그때는 그렇게 알고 싶은 게 많았다. 무엇보다 나 자신에 대해서. 그러나 어느 순간 나 자신에 대해 해부하는 것을 그만두었다. 내 안을 들여다봤자 내장에 들어찬 똥밖에 없잖아, 하고 결론 내려버렸다.

그 이후로 남에 대해서도 그 정신을 헤집어보려는 짓은 하지 않았다. 그만큼 신경 쓰고 싶은 타인도 없었다. 심리학

공부를 끝까지 했더라면 좀 더 분석해 알 수 있었을까. 이 분류가 되지 않는 사이코에 대해서.

어쨌든 그자와는 끝이다. 그 하늘문이라는 데를 찾아가서 기다릴 거다. 좋아. 그것이 스타게이트 같은 SF 장르에 나오는 일종의 포털이라고 하자. 어떻게 그럴 수 있는지는 생각해봤자 모르겠으니 그만 생각하고. 그 문이란 것을 통과하면 모든 것이 제자리로 돌아간다는 것을 일단 믿어보자. 왜냐면 달리 믿을 게 없으니까.

자신의 가방을 찾아 둘러메고 문을 나섰다. 갑옷의 사내들은 전보다 더욱 정중해졌다. 은수가 지나가려 하면 얼른 길을 비켜주고 절도 있게 허리를 굽혀 절을 해온다.

이제 우달치 대원들에게 은수는 명실상부한 하늘의 의원이 되어 있었다.

대장이 하늘세상에 침범하여 귀하신 분을 납치해온 것은 다들 목격한 바이다. 대장이 돌아가려는 의원을 못 가게 잡아두자 하늘의원께서 그 죄를 물어 검으로 찌르셨는데, 고려 최고의 무사라 일컬어지는 대장은 방어조차 못하고 그 검에 쓰러졌다. 심지어 제 손으로 제 복부를 찌르는 칼에 힘을 더하는 것처럼 보였다. 하늘의 주술이라는 것이 그만큼 강했다.

상처는 깊고 피는 솟구쳐 도저히 살아나지 못할 것이라

생각했으나, 하늘의원이 자애를 베풀어 돌보아주자 하루 만에 자리에서 일어났다. 하늘의원의 신기는 이미 그 전에 왕비마마를 치료하면서 발휘되었다. 거의 목이 끊어져 이 세상 사람이 아니던 왕비 또한 하늘의원의 손이 닿자 다시 살아나지 않았는가. 그 목 또한 멀쩡하게 다시 붙었다.

그뿐인가. 세상에 무서울 것이 없는 대장이 그 여인의 말 이라면 꼼짝을 못 한다. 여인의 기세에 눌려 슬그머니 피하 는 것을 둘러선 이들이 다 보았다. 그 여인은 심지어 대장 의 멱살도 잡는다. 어찌 경외심을 갖지 않을 수 있겠는가.

그러나 딱 하나, 그런 경외심을 갖지 않는 대원이 있었 다. 대만이었다.

은수가 객잔을 나서서 얼마 가지도 못했을 때 대만이 그 앞을 가로막았다. 팔짱을 끼고 버티어 서서 심각한 얼굴로 은수를 본다. 은수가 슬그머니 옆으로 비켜 지나가려 했더 니 딱 그만큼 움직여 다시 막아선다. 은수가 다른 길로 돌 아가자 하여 부지런히 길을 돌아 걷다보면 또 그 앞을 가로 막는다. 또 다른 길을 택해 이번에는 달려본다. 이만큼이면 떼어 놓았겠다 싶으면 어디로 어떻게 쫓아왔는지 또 앞을 가로막고 있다. 달래듯 말을 건네봐도 화를 내어봐도 꿈쩍 도 안 한다. 팔짱을 끼고 심각한 얼굴로, 더 멀리까지는 보 낼 수 없다는 확고한 의지를 내보이면서.

결국 은수는 단념하고 길바닥에 주저앉아버렸다. 머리칼을 헝클어뜨리며 생각해본다. 그래. 그 사이코 말대로 여기 혼자 남았다간 또 그놈들에게 잡힐 수도 있어. 굳이 비교해보자면 이쪽이 나을지도 모르지. 저쪽 놈들은 날 팼잖아. 이쪽 놈들은 일단 매너는 좋으니까. 그럼 우선 남아봐?

이리저리 도망 다녔더니 이제 하늘문이 있다는 곳이 어느 방향인지도 헷갈린다. 원래 길치였다. 길치가 도무지 알 수 없는 세상에 남겨졌다. 병원 출근은 어쩌지. 강남 요지에 있는 그 대형 성형외과 병원의 월급 의사 자리를 따내려고 얼마나 공을 들였는데. 이렇게 무단결근을 계속하면……. 아아. 죄 없는 머리칼을 쥐어뜯는다.

이것이 꿈이기를. 세상의 어느 심리학자도 연구해본 적이 없는 특이 케이스의 꿈이기를. 어느 순간 절벽에서 떨어지는 꿈이라도 꾸며 깨어나기를. 제발.

왕은 고개 숙여 절을 하는 최영을 보며 언뜻 무슨 말을 꺼내야 할지 망설인다. 복부의 검상이 심각했다고 들었다. 창백해 보이는 얼굴이 저렇게 서 있어서는 안 될 것처럼 보이는데 그는 전혀 내색을 하지 않고 말한다. 그렇게 말하는 속의 감정은 읽을 수가 없다.

"신 때문에 지체되었다 들었습니다. 용서하십시오."

왕이 가까스로 묻는다.

"몸은 괜찮은 거요?"

"이동에는 전혀 지장이 없습니다. 바로 출발할 생각입니다. 포구까지는 마차로 모시고, 이후 사흘 정도는 배에서 지내시게 될 겁니다. 하늘의 의원님도 함께 모실 예정입니다. 적들이 노리고 있는 데다 외모가 눈에 띄시는 분이라 왕비마마께서 허락하신다면 그 마차에 모시고 싶습니다만."

그 말이 끝나기도 전에 왕비가 대답한다.

"허락한다."

대장이 왕비를 향해 고개를 숙인다.

"그리 알고 진행하겠습니다."

대장은 다시 왕인 자신을 보지 않게 되었다. 눈은 이쪽을 향하고 있으나 마음은 떠났다. 내 생각이 어떤지 내 느낌이 어떤지 헤아리지 않는다. 그러니 내 마음을 전할 수가 없다. 왕은 쓸쓸하게 대장을 본다. 할 말을 끝낸 대장은 절을 하고 물러간다. 돌아서며 한 손이 복부로 가는 것을 보니 아픔을 내내 참고 있었던 모양이다. 복부를 누른 채 그가 나간다. 방문이 닫힌다.

6장

그렇게 시작되었다

순간, 여인의 모습이 스러진 듯하여 눈을 비볐다. 아직 거기 있었다.
다만 노을이 짙어져서 붉은 여인의 모습이 그 노을색에 잦아들었다.
다행이라고 생각했다. 언약을 지키기 전에는 있어주기를 바란다.

이제 행렬을 출발시키는 데는 이골이 난 부하들이 순식간에 출발 준비를 끝마쳤다. 최영은 선두에 서서 무리를 이끌기 시작했다.

　이곳 국경 포구 마을은 압록강과 바다가 만나는 곳에 위치한 덕분에 뱃길의 요충지였다. 부하들이 원양 상선 한 척을 잡아두었다. 이제 그 상선을 타면 해로를 따라 남하하고, 강으로 들어서서 벽란도까지 이동할 것이다. 그곳은 이미 고려의 땅이니까 한숨 돌릴 수 있다.

　객잔이 있는 저잣거리에서 포구까지는 한 식경 거리. 이구간이 가장 문제다. 최영은 정찰조를 먼저 보내 길을 예비하게 하고, 이동하는 길의 양옆에는 이인일조의 감시조가 평행으로 따르게 했다. 적의 움직임을 발견하게 되면 신호탄을 쏘아 올린 뒤 빠르게 본진으로 도망치라 일렀다.

그 뒤는 내가 맡겠다고 말은 했으나 불안하다. 장빈이 진통 효과가 있다면서 준 약은 그다지 도움이 되지 않았다. 애마 주홍의 위에서 흔들릴 때마다 전신으로 고통이 퍼졌다. 식은땀이 흐르는 것을 들키지 않으려고 바람막이 쓰개를 깊숙이 내리고 있다.

불안하다. 놈들이 노중에 습격을 해온다면 어찌해야 할까. 제자리에 서서 오는 놈들만 처리하는 것은 어찌 해보겠는데 적들을 쫓아다니는 것은 어려울 것이다. 슬쩍 뒤를 돌아본다. 마차 두 채가 일렬로 따르고 있다. 말을 늦춰 두 마차 사이에 위치한다. 앞의 마차에는 주상이, 그리고 뒤의 마차에는 왕비마마와 그 여인이 계실 것이다. 하늘의 의원. 내가 이 땅에 잡아와 돌아갈 길마저 막아버린 그분.

은수는 마차라는 게 이렇게 불편한 건 줄 처음 알았다. 나무 바퀴 마차로 비포장도로를 이동한다는 것은 장난이 아니었다. 마차 안의 의자에는 비단 방석이 깔려 있긴 했지만 엉덩이에서 전해지는 날충격으로 허리가 부러질 거 같다. 은수는 간신히 의자에서 떨어지지 않고 버티면서 옆에 앉은 환자를 돌아본다. 이런 흔들림 속에 시술 부위가 괜찮을까?

젊은 여자는 쿠션으로 목을 받친 채 눈을 감고 있다. 은수는 그 손목의 맥을 잡고 시계를 본다. 여자가 눈을 뜨고 은수를 본다.

"심박 수는 안정되어 있고."

여자의 안색도 나쁘지 않다.

"더 이상의 출혈이나 빈혈도 없어 보여요."

이 여자는 괜찮다. 문제는 밖의 그 사이코다. 창문을 열어 밖을 보다가 흠칫 놀랐다. 바로 옆에 그자가 말을 타고 따르고 있다. 후드를 이마까지 내리고 있어서 얼굴빛이 잘 보이지 않는다. 간밤에 개복 수술을 한 자가 말을 타고 있다. 저도 모르게 투덜대는 소리가 입 밖으로 나온다.

"저러다 봉합한 데 터져서 죽어도 난 몰라."

가까운 거리의 사내에게 들리는지 모르겠지만 소리를 낮추지 않는다.

"나도 하는 데까지 했으니까. 나중에 뭔 일 생겨서 고소하려면 하시라고. 나도 할 말 많으니까."

창문을 탁 닫는다. 왜 이렇게 화가 나는지 모르겠다. 혼자 성을 내다가 돌아보니 여자가 눈을 동그랗게 뜨고 보고 있다. 미인이다. 그냥 미인이 아니라 뭐랄까. 패션 잡지의 모델 같은 미인이다. 무표정으로 카메라의 렌즈를 보고 있는 그런 모델. 성형외과의 모델을 해도 되겠다. 비포 앤 애프터에서 애프터 쪽.

"이름이 뭐예요?"

물었더니 그 무표정한 눈에 놀란 빛이 어린다. 이름 묻는데 뭐 그리 놀랄 것까지는 없지 않나.

"난 유은수라고 해요. 보아하니 내가 언니 같은데. 이름이?"

"보르지긴 보타슈리."

"……뭐?"

"원나라 위왕의 딸이오."

"위왕? 왕? 왕의 딸이면 공주네."

농담인 줄 알고 웃었는데 여자는 무표정으로 돌아가 자기를 보고 있다. 농담이 아니야?

"그럼 저 앞의 마차에 타신 분은……."

"왕이십니다."

"왕에 공주에……."

잠깐만. 이 여자가 아까 뭐라 그랬지? 원나라? 원나라면 고구려 백제가 있던 시절에 중국의 이름?

"내가 이과라서 사회 계열이 좀 약하거든요. 그러니까 여기가…… 어디예요?"

"원나라와 고려의 국경 지대로 알고 있습니다."

잠시 머리가 돌지 않고 정지했다가 삐걱대며 다시 움직인다.

"그럼⋯⋯."

좀 웃는다. 웃지 않고는 이런 생각을 이어갈 수가 없다.

"내가 타임머신이라도 타고 왔다는 거예요? 내가 대한민국 강남 땅에서 여기 고려 땅으로? 그러니까 2012년에서⋯⋯. 고려가 몇 년도에 있던 나라야. 조선왕조 오백 년이니까 바로 그 전에 고려. 그럼 육칠백 년 전으로?"

"무사들이 모두 보았다 했지요. 의원께서 하늘길을 통해 오시는 것을. 우달치가 강제로 모셔왔단 얘기도 들었습니다. 나 때문인 것으로 압니다. 아주 많이⋯⋯ 미안하오."

공주라는 여자는 그런 말을 잘도 진지하게 한다. 은수가 멍하니 보고 있는데 갑자기 마차 바퀴가 어디에 빠지기라도 했는지 크게 기울어지고, 맥을 놓고 있던 은수는 기어이 의자에서 굴러떨어진다.

아프다. 무슨 꿈이 이렇게 길고 아프고 디테일하냐고!

왕의 일행을 태운 원양 상선이 막 포구를 떠났을 때 진도선이 하나 포구에 도착했다.

초조하게 기다리고 있던 만티르가 배에서 내리는 여인 하나를 발견하고는 쫓아가서 허리를 굽혀 절을 한다. 붉은 치맛자락을 나부끼면서 도착한 여인은 화수인이었다.

이미 비어버린 객잔을 둘러보며 화수인은 생글생글 웃었다. 그 웃는 얼굴이 어찌나 해사하고 요염한지 만티르는 그만 잠깐 넋을 잃었다. 그래서 그만 해서는 안 될 불평을 늘어놓았다.

"연락을 받고 바로 와주셨으면…… 새벽에만 와주셨어도 놈들을 잡을 수 있었습니다. 전서구 보내고 나서 밤새 기다렸습니다. 놈들 대장이 부상당한 것까지 알아냈고요. 그 대장이 부상이라 검을 들 수가 없었단 말입니다. 그러니 화수인 님 혼자 나머지 놈들을 어렵지 않게……."

아차 해서 입을 다물었을 때는 너무 늦었다. 화수인이 더욱 화려하게 웃으며 자기를 보고 있다. 웃으며 옆의 의자를 가리켜 보인다. 순간, 도망치고 싶었으나 간신히 제어하고 가리킨 의자에 앉았다. 화수인의 무공은 익히 들어 알고 있다. 도망친다고 도망쳐지지 않는다는 정도는 안다. 괜히 역정을 내게 만들면 곤란하다. 화수인이 다가온다. 공포가 스멀스멀 기어 올라온다.

"어쩔 수가 없었어. 어젯밤…… 내가 좀 바빴거든. 왜 바빴나……. 그건 내가 부끄러워서 말 못 해. 그럼 그놈들 놓친 거야? 내가?"

　만티르는 입을 벌리긴 했으나 말이 나오지 않았다. 어느 틈에 화수인이 오른손에 끼었던 장갑을 벗고 있다. 저도 모르게 일어나 도망치려 했으나 화수인이 만티르의 무릎에 걸터앉았다. 어느 혈도라도 짚인 것인지 완벽하게 무력해진다.

　"아우, 어쩌나. 우리 사형들. 이거 알면 석삼 년은 빈정댈 텐데. 게다가 니가 고할 거잖아. 내가 늑장 부려서 놓쳤다고."

　"아닙니다. 그건 아닙니다. 지금이라도 쫓아가면…… 저는 아무 말도……."

　"아, 이렇게 하자. 니가 우릴 배신한 거야. 니가 왜 우릴 배신했을까. 돈을 받았나? 아니면 몇 대 얻어맞고 불어버렸나? 아, 몰라. 암튼……."

　화수인이 장갑을 벗은 오른손으로 만티르의 얼굴을 쓰다듬어 내린다. 그 손이 붉게 열기로 물들어 있다. 그 손이 지나간 자리가 연기를 올리며 익어간다. 그러나 만티르는 비명조차 지르지 못하고 있다.

　"그래서 내가 왔을 땐 너무 늦어버린 거야. 내가 온다는 걸 니가 그놈들한테 알려줬거든. 그래서 일찌감치 다 내뺐어. 봐, 아무도 없잖아. 그래서 할 수 없이 내가 죽였어. 니

놈을. 미안해."

화수인이 벌떡 일어나더니 안쪽으로 가며 주인장을 부른다.

"아무도 없어? 나 배고픈데."

그 뒤로 만티르가 의자에서 굴러떨어진다. 이미 얼굴의 반쪽이 속까지 다 익어서 숨이 끊어진 지 오래였다.

원나라가 본격적으로 고려에 손을 뻗치기 시작했던 충렬선왕 이후, 고려의 국왕은 원의 입김에 의해 무시로 폐위와 복위가 반복되는 자리가 되었다.

왕은 뱃전에 서서 바다를 보며 기억해낸다. 대장은 그리 말했다.

"십여 년 내에 벌써 다섯 번째 왕이시니까요. 백성들은 별로 관심도 없을 겁니다."

그랬다. 자신의 형제거나 조카였던 전왕들은 혹은 여덟 살, 혹은 열두 살 나이에 즉위했다가 몇 년을 채우지 못하고 죽거나 유배되었고, 형님이었던 충혜처럼 폐위와 복위를 거듭하다 기어이 쫓겨나기도 했다.

그 세월 동안 자신의 이름이 몇 번이나 차기 왕의 명단에 올랐다가 내린 것을 알고 있다. 이제 비로소 왕이 되었다.

자신은 몇 년이나 버틸 수 있을지 알 수가 없다.

나는 왕이 되고 싶었던 걸까? 왕은 스스로에게 물어본다. 몇 번이나 물어봤던 질문이다. 늘 상반되는 대답이 함께 떠올라 혼란스럽게 한다.

왕이 되고 싶었다. 남의 나라에서 강릉대군이라는 이름으로 숨죽여 살면서 늘 주위를 살폈다. 언젠가 왕이 되면 나는 이렇게 하리라. 이런 것은 결코 하지 않으리라. 속으로 셈해보고 다짐하며 살았다.

왕 따윈 하고 싶지 않기도 했다. 어차피 마음의 뜻을 제대로 펼칠 수 없는 왕이라면 차라리 되지 않는 것이 낫다. 그림을 그리고 악기를 배우며 그렇게 사는 것이 하루라도 더 오래, 사는 듯이 살 수 있는 길이다.

그러나 왕은 알고 있었다. 열두 살 이후로 그의 모든 판단 기준은 왕이었다. 말 타는 것, 활 쏘는 법도 배우지 않았다. 허약한 자로 보여서 남들이 경계하지 않게, 그래서 오래 살아남게, 그래서 기어이 왕이 될 수 있게 그는 버텨왔다. 이제 비로소 왕이 되어 고국에 돌아간다. 백성들 아무도 반기지 않는 왕이 십 년 만에 내 나라로 간다.

누군가 가까이 다가온다. 돌아보니 대장이다.

여전히 창백한 얼굴, 핏기 없는 입술이 그가 아직 회복되지 않았음을 증거하는데, 배를 타고 오는 내내 그가 제대로 쉬는 것을 본 적이 없다. 밤이면 언제나 그랬던 것처럼 왕이 자는 선실로 들어와 입구에 기대앉아 잠이 들었다. 가서 제대로 누워 자라고, 병세를 살피라고 어명이라도 내릴 수 있었으나 왕은 잠자코 있었다. 잠자코 지켜보기만 했다.

사실은 어쩔 줄을 모르고 있다. 왕의 은애로도 움직일 수 없는 사내를 어떤 방법으로 잡아야 할지 모르겠다. 어쩌면 이자의 마음은 이미 내가 아닌 다른 곳에 가 있을까? 이를테면 덕성 부원군 기철 같은 자에게? 그렇다면 이자는 이미 나의 적이다. 왜냐하면 나는 앞으로 싸워볼 생각인데, 그 적의 수장이 덕성 부원군이라 알고 있으니까.

대장은 두어 걸음 옆에 서서 바다를 둘러본다. 승선해 있는 동안 저렇게 바다를 지켜보는 모습을 몇 번이나 보았다. 지나가는 배가 있으면 유심히 살피고 날씨도 살피는 거 같았지만 주로 아무것도 보지 않는 듯했다.

"하늘에서 오신 분은 어떠신가요."

하고 말을 붙여본다. 언제나 그렇듯 간결한 대답이 돌아온다.

"멀미에 계속 시달리신다 합니다."

"하늘세상에는 배가 없는가. 배에는 익숙하지 않으신 모양이군요."

"모르겠습니다."

더 이상의 부연 설명도 없다. 호감을 사려는 어떤 의도도 없고, 반감을 가졌다는 내색도 없다. 이런 자가 부원군의 밑에 있을 리가 없다. 소문에 들은 부원군 같은 자에게 이런 자가 고개를 숙여 마음을 바칠 리가 없다. 왕은 근거 없는 안도감을 느낀다.

왕을 태운 상선이 바다에서 예성강으로 들어설 무렵, 화수인이 날려 보낸 전서구는 이미 그 전날 벽란도에 자리한 묵가의 지부에 도착해 있었다. 묵가의 전서구를 이용한 것이라 거기가 목적지였다. 묵가에서는 전령을 내어 개경에 있는 덕성 부원군에게 화수인의 연통을 전하게 했다. 묵가촌에서 최고급 고객으로 분류하고 있는 덕성 부원군이었기 때문에, 그 부원군의 사람인 화수인이 묵가의 만티르를 죽였다는 것을 들었지만 모른 척했다.

개경까지 삼십 리 길을 단숨에 달린 전령은 그 저녁에 덕성 부원군의 집에 도착했다.

덕성 부원군 기철은 마침 심기가 아주 불편하던 참이었다. 원에서부터 들여오려던 대규모의 상단이 홍건적의 습격을 받아 와해되고, 모든 상품을 빼앗겼다는 전갈을 받은 직후였기 때문이다.

기철의 서재 앞으로 다가서던 천음자는 안에서 들려 나오는 요란한 소리에 문 앞에서 발걸음을 멈춘다. 큰 사형인 기철은 어린아이 같은 데가 있다. 순간순간의 기분을 그대로 다 드러내곤 한다. 지금도 손에 잡히는 대로 도자기며 문진 같은 것들을 집어던지고 있는 모양이다. 일반 사람들이야 그저 집어던지고 말 뿐이겠지만 큰 사형의 공력으로 집어던진 물건들은 간단하게 벽을 뚫어버리고 천장을 부숴 기왓장을 방바닥에 떨어뜨리곤 했다. 겨우 조용해진 듯하여 안으로 들어선다. 예상했던 대로 서재 내부는 화약고라도 터진 듯한 모양새가 되어 있었다.

기철의 그림자로 불리는 양사는 방구석에 피신해 있었고, 전령으로 보이는 사내가 방 가운데 부복을 하고 있었다. 천음자를 보자 기철은 불쌍한 표정이 된다.

"원의 공주가 살아 있다네. 그러면 안 되잖아."

양사가 재빨리 기철의 옆으로 붙는다. 양사는 늘 기철의 사형제인 천음자나 화수인을 경쟁 상대로 생각한다. 꼴 같지 않은 것이.

"바로 조치를 취하겠습니다."

"어떻게."

"바로……."

"바로…… 바로 될 일을 내가 수년 전부터 그리 매달려

219

왔단 말인가."

기철이 미소를 짓는다. 말이 더욱 온유해진다. 양사 저놈
이 죽고 싶은 게로군. 사형을 누구보다 잘 아는 천음자는
느긋하게 생각한다.

"나 기철이 참으로 모자란 놈이었구먼. 그대 양사가 바로
해치울 수 있는 일을 지난 수년간 하루하루 노심초사, 오늘
까지 이렇게 부여잡고 살아왔어, 내가."

그제야 기철의 심기를 눈치 챈 양사가 우당탕 소리를 내
며 무릎을 꿇는다.

"말이 헛 나왔습니다."

"왕을 하나 끌어내리고. 왕을 하나 만들어 세우고. 이제
그 왕이 이 나라를 보자기에 싸서 내게 가져오기 직전이야.
이날을 위해 나는 하룻밤도 깊이 잠들어 본 적이 없고. 하
루 한 끼니도 기쁘게 넘겨본 적이 없어. 그런데."

기철이 천음자를 돌아본다.

"원의 공주가 살아 있다네."

"예."

"원의 공주는 죽어야 돼. 그 여인이 살아서 이곳 개경에
들어오면 안 돼. 그건 내가 그린 그림이 아니야."

그것이 요지다. 사형인 기철은 지난 수년간 노심초사 같
은 건 하지 않았다. 그저 그때그때 흥미 있는 것을 찾아서

장난을 쳐왔을 뿐이다. 왕을 폐하고 올리는 것이 그에게는 재미있는 도전거리였을 뿐. 아이가 벽에 낙서를 하듯 머릿속에서 그림을 그리고 그대로 사람을 움직이는 것. 천음자는 일단 사형을 달래기로 한다. 사형이 폭주를 하기 시작하면 사람들이 많이 죽는다. 그걸 죽여야 되는 건 자기 몫이 될 수도 있다. 귀찮다. 사형을 달래는 일은 쉽다. 새로운 장난거리를 주면 된다.

"어디쯤 오고 있다고 합니까?"

양사가 얼른 대답한다.

"지금쯤이면 예성강으로 접어들었을 거라 합니다."

"이미 고려 땅입니다. 여기서 원의 공주는 왕비마마. 죽이면 성가시게 될 텐데요."

"그렇지. 성가셔지지."

"더 보기 좋고 화끈한 그림은 없을까요?"

기철이 생각에 잠긴다. 하는 짓은 어린애 같아도 생각을 하기 시작하면 조조에 버금간다고 그 누이인 기황후가 말한 적이 있다. 모두가 조용히 그 생각이 끝나기를 기다리는데 드디어 즐거운 얼굴이 된 기철이 입을 열었다.

"난 보고 싶다."

양사가 재빨리 추임새를 넣는다.

"무엇을 말씀이십니까?"

"새 왕이 내 집에 찾아오는 것이다. 새 왕이 내 앞에 서더니 눈물을 흘리는 것이다. 새 왕이 내 앞에 무릎을 꿇으며 간청하는 것이다. 그것이 나는 보고 싶다."

"알겠습니다. 그리 되도록 거행하겠습니다."

양사는 거의 바닥에 이마를 박는다. 기철이 이제 다 되었다는 듯 홀가분한 얼굴로 방을 나서려다가 천음자의 옆에 멈춰 선다.

"저자."

기철의 시선이 닿은 곳은 납작 엎드려 숨도 제대로 쉬지 못하고 있는 전령이다.

"너무 많은 걸 들었어."

"예."

하고 천음자는 대답한다. 나가는 기철의 뒤를 양사가 부지런히 따른다.

그들이 나가고 문이 닫힌다.

엎드려 있던 전령이 조심스레 고개를 돌려 문 쪽을 살피다가 멈춘다. 스으……. 이상한 소리가 들린다. 뭔가 이상하다. 자기 코를 만진다. 코피가 주룩 흘러나온다. 흡…….목이 졸린 듯한 얼굴이 된다. 귀와 눈에서도 피가 흐른다. 가까스로 돌아본 곳에 천음자가 피리를 입에 대고 있다.

역시 잘 안 된다고, 피리를 빌려 공력을 내보내며 천음자는 생각한다.

돌아가신 스승은 천음자에게 음공을 가르쳤다. 스승이 일천 명의 아이들을 뒤져서 찾아냈다는 천음자였다. 음공에 적합한 귀의 구조와 자질을 갖고 있었다. 그러나 스승은 마지막까지 천음자의 아둔함에 성을 냈다.

그랬다. 아직도 천음자가 구사하는 음공은 목표하는 대상만을 겨냥하지 못한다. 현재 연마하는 것은 앞과 뒤를 구분하여 앞으로만 공력을 보내는 것인데, 방향에 신경을 쓰다 보니 자꾸 위력이 약해진다.

아…… 하고는 피리를 입에서 뗀다. 몰입하느라 앞의 전령이 이미 죽은 것을 모르고 있었다. 이번에는 강도가 지나치게 세었는지 칠공에서 피가 나는 것도 모자라 눈알이 터져 죽어 있다. 혹여나 더러운 것이 발에 묻을까봐 바닥을 골라 디뎌가며 방을 나선다. 죽이는 것은 어렵지 않으나 죽인 뒤의 더러움이 그는 싫다.

그날 밤부터 이튿날 새벽까지, 조정 중신 중의 일부와 관직은 없어도 명망이 있는 학자와 귀족 몇이 은밀한 전갈을 받았다.

궁터에서 활쏘기를 연마하던 자는 누군가 쏘아 보낸 화

살 끝에 달려 있던 밀지를 발견했고, 사랑채에서 글을 읽던 자는 펼쳐 든 책갈피에 끼워져 있는 밀지를 보게 되었다. 궁의 회랑을 걸어가다가 얼굴을 알지 못하는 금군이 슬쩍 손에 쥐어주고 간 밀지를 받은 자도 있었고, 입궐을 하려고 가마를 탔더니 그 안에 밀지가 놓여 있는 경우도 있었다.

밀지의 내용은 이러했다.

주상께서 귀국길에 습격을 받았다. 와중에 원의 공주이기도 하신 왕비께서 시해를 당했다. 덕성 부원군 일파는 이 기회를 잡아 주상과 고려에 대한 음모를 꾸밀 것이다. 주상께서 개경에 이르시기 전에 향후 대책을 상의하자.

장소는 개경의 외곽에 위치하고 있는 선혜정이었고, 시각은 그날 밤 인정 무렵.

세상이 다 잠든 시각, 선혜정에 사람들이 모여들었다. 모여드는 자들은 서로의 면면을 보고 일말의 의심을 떨쳤다. 하나같이 덕성 부원군의 울타리에서 벗어난 자들이었고, 그 때문에 간신히 관직에 붙어 있거나 이미 떨려난 자들이었다.

"그런데 이 내용을 참말 믿을 수가 있겠습니까?"

"그럼 이게 어찌 되는 겁니까. 이게…… 이게……."

"수순이 뻔하지 않습니까. 원에서는 원의 공주가 살해를 당했으니 우리 고려에 그 죄를 물을 것이고, 기씨 일파는 옳

224

다구나 들고일어나겠지요. 원이 쳐들어온단다. 우리가 살기 위해선 어쩔 수 없다. 어서 이 나라를 원에 복속시켜야 한다."

"그럼 우리 고려는 없어지는 것입니까?"

"없어지는 거지요. 고려는 원의 일개 성이 되는 거고. 덕성 부원군은 정동행성의 성주라는 이름으로 이 나라를 갖게 되겠지요."

"소원 성취하겠구먼."

"지금 그게 문제가 아닙니다. 대체 누가 왜! 귀국하시는 주상의 행렬을 습격한 것인가. 왕비마마를 감히 시해한 놈이 누군가. 그걸 먼저 밝혀야 되지 않소."

"지금 그걸 몰라서 묻습니까? 이게 다 그자의 수순입니다. 수순."

"내 이놈 기철의 목을 당장 따버릴 것이야. 수천 년 조상이 이루고 지켜온 이 땅을 누구에게 내줘. 내 눈이 퍼렇게 살아 있는데 이런 얘기를 들어야 하다니. 어이구우……."

그러나 기철의 목을 따자는 말을 꺼내는 사람이나 듣는 사람이나 그게 가능할 것이라고 생각하는 이는 없었다.

기철이 누군가. 누이동생을 원나라의 궁녀로 만들어 순제의 눈에 들게 하고 제2황후의 자리에 올렸다. 순제의 정후였던 다나시리의 질투와 저항이 있었으나 정후뿐 아니라 그 일족 모두가 축출당하고 말았다. 뒤이어 반대를 했던 바엔 세력 또한 얼마 되지 않아 사라졌다.

이 모든 과정 뒤에 기철의 손길이 있었다고 하는 자들도 있고, 기철마저 부리는 이가 바로 기철의 누이인 기황후라고 말하는 자들도 있었다. 기황후는 황후 자리에 앉게 되자 휘정원을 자정원(資政院)으로 바꾸어 이를 배경으로 원에서도 막대한 권력을 행사하였다. 순제와의 사이에서 낳은 아들, 아이유시리다라(愛猶識理達臘)가 태자가 된 뒤에 기황후를 감히 대적할 자는 없었다.

이러한 배경을 가진 기철이었다. 원에서는 그를 고려 정동행성의 참지정사에 임명했고, 고려 왕은 그를 정승으로 임명한 뒤 덕성 부원군으로 봉했다. 죽이고 싶은 자가 있으면 죽였고, 갖고 싶은 땅이 있으면 가졌다. 혹여 탈이 난다 하더라도 정동행성에는 독자적으로 죄를 다스리는 이문소(理問所)에 옥(獄)까지 갖추고 있었으니, 저 자신의 용의점을 저 자신이 없애주면 그뿐이었다. 그런 기철을 처단하자는 것은 그야말로 술주정 같은 얘기였으나 그래도 말은 내뱉어본다.

"더 길게 끌 거 없소이다. 이 자리에서 결정합시다. 전하께서 오시기 전에 기철이 이놈 패거리를 몰살시키는 겁니다. 그것만이 이 나라, 우리 고려가 살길이외다."

"우리가 무슨 힘이 있어 부원군과 대항을 합니까?"

"먼저 이 모든 사정을 상세히 밝혀 상소문부터 씁시다. 주상께서 오시면……"

"하지만 우리 전하께서는 아직 어리신 데다가 원나라에서 자라신 분. 부원군 일파가 세우다시피 한 분이에요. 저들의 말에 따르지 우리 말을 들으시겠습니까?"

"아, 글쎄 그러니까! 일단 그놈들 먼저 처리하잔 말이외다. 기철이 그놈만 없으면 다 해결될 일이 아니오."

"무슨 힘으로 그자를 처리해요. 금군이라도 움직이잔 말씀이시오?"

모인 자들이 흥분을 하여 점점 소리가 높아지는 가운데, 그중에 하나였던 자운이 슬그머니 뒷문으로 빠져나가는 것을 눈치 챈 이는 없었다.

자운이 뒷문으로 나오자 어둠 속에 기다리던 사내들이 달려와 후문을 밖에서 빗장을 건다. 그 옆의 창문들도 이미 덧문이 닫히고 빗장이 걸리고 있다. 또 다른 사내들이 동이를 들고 와서 정자의 주변에 대고 줄줄 검은 기름을 뿌리고 있다.

자운은 서두르지도 않고 걸어간다. 거기 어둠 속에서 기다리고 있던 양사의 옆까지 가더니 정자를 향해 선다. 나란히 서서 어둠 속에 불빛이 새어나오는 정자를 보며 양사가 묻는다.

"살릴 자가 있습디까?"

"뭐 굳이 저기서 살려 거두지 않아도 사람이야 많지 않습니까."

자운의 대답에 양사는 고개를 끄덕이더니 손을 든다. 양사의 옆에는 궁수 셋이 대기하고 있었다. 그들이 화살촉에 달린 기름 주머니에 불을 붙여 활시울에 걸어 당긴다. 양사의 손이 내려가고 불화살이 날아갔다.

불화살들이 저마다 벽이며 문에 박힌다. 미리 뿌려놓은 기름에 불이 옮겨 붙으며 정자는 순식간에 불길에 휩싸인다. 안에서 아우성이 들리고 문을 열려는 절박한 손길로 문마다 창문마다 들썩이지만 불길이 번지는 속도가 워낙 빠르다. 정자에서 좀 떨어진 곳에는 사내들이 칼을 빼 들고 기다리고 있다. 혹시 빠져나오는 자가 있으면 살인멸구를 하기 위함이다.

자운이 찡그린 얼굴로 돌아선다. 어쨌거나 어제까지만 해도 동료인 척 담소를 나누고 술잔을 돌리던 사람들이었다.

날씨가 계속 좋아서 예정보다 일찍 벽란도에 도착했다.

최영은 말과 마차를 배에서 내리는 부하들을 지켜보다가 슬쩍 한곳을 본다. 거기 왕비마마와 함께 나서는 하늘여인이 보였다. 멀미가 심했다더니 얼굴이 해쑥해져 있다. 이쪽을 돌아보는 듯해서 시선을 돌려버린다. 그분에게 참으로 못할 짓을 했다. 한 번 더 검으로 찔러온다 해도 할 말이 없다. 그러나 그분은 나에 대한 원망은 잠시 접어둔 모양이다.

항해 중, 흔들리는 배와 멀미 때문에 제대로 몸을 가누지도 못하면서 여인은 몇 번이나 최영을 찾아왔다. 하늘에서 가져온 가방을 가슴에 안고 비틀거리며 서서 상처 부위를 보여달라고 했다. 한 번은 무시했고, 다음부터는 아예 근처에도 오지 못하게 중간에 돌려보냈다.

그렇게 돌려보낸 저녁, 노을이 세상을 가득 채우던 때에 그 여인을 보았다. 배의 고물 쪽에 있었다. 마침 바람이 세어지고 배의 요동이 심해지고 있어서 불안해서였을까. 기둥 뒤에 숨어 서서 한동안 지켜보았다. 여인은 바다를 보고 있었다. 바닷바람에 붉은 머리칼이 휘날렸다. 붉은 노을빛으로 여인도 붉게 물들어갔다. 그대로 노을 속에 녹아들어 사라질 듯이 보여서 불안해졌다. 여인은 이 땅의 세상에 있어도 괜찮은 것일까? 혹시 서로 다른 세상에서는 견딜 수 있는 시간이 정해져 있는 것은 아닐까. 뜬금없는 생각이 들어 더 불안해졌다.

순간, 여인의 모습이 스러진 듯하여 눈을 비볐다. 아직 거기 있었다. 다만 노을이 짙어져서 붉은 여인의 모습이 그 노을 색에 잦아들었다. 다행이라고 생각했다. 언약을 지키기 전에는 있어주기를 바란다. 그렇게 저 혼자 물거품처럼 스러져버린다면 나는 평생 지키지 못한 언약을 돌덩이처럼 가슴에 얹고 살아야 할 것이다.

어의 장빈도 최영을 찾아왔다. 하늘여인이 걱정하다 못해 화를 내고 있다는 말을 전했다. 장빈이 진맥을 하자는 것도 거절했다. 거절하는 최영의 마음을 짐작했는지 장빈은 다시 찾아오지 않았다.

진맥하는 모습, 상처를 치료하는 모습 따위는 보이고 싶지 않다. 보일 수가 없다. 부하들의 입이야 단속한다 쳐도, 상선을 움직이는 선원들이며 낯선 자들이 어떤 말을 누구에게 옮길지 모른다. 왕비를 습격했던 개경의 무리들은 지금쯤 왕비가 살아 있다는 소식을 들었을 것이고, 두 번째 방법을 강구하고 있을 것이다. 그게 무력을 앞세운 습격이 될지 권모술수가 될지는 모르겠으나, 어쨌든 왕궁에 들어가기 전까지 이쪽의 약점을 드러낼 수는 없다. 주상을 호위하는 우달치의 대장이 부상을 입었다는 것은 결코 알리고 싶지 않은 약점이다.

벽란도를 출발하여 한 식경이나 되었을까. 금오위의 복장을 한 자들이 우르르 달려오더니 앞을 가로막았다. 금오위는 육위 중의 하나, 수도의 치안을 담당하는 부대다. 사십여 명이 넘는 병력으로 그리 넓지도 않은 국도를 몇 겹으로 막아서며 소리를 지른다.

"멈추라. 행렬 멈춰."

선두에 있던 충석이 버럭 한다.

"어느 안전에서 길을 막는가."

그들의 수장인 듯한 자가 앞으로 나섰다.

"감히 주상 전하의 행렬을 참칭하는 부랑배들이 있다 해서 달려왔다. 니놈들인가."

충석이 어이가 없어 웃더니 좋게 말한다.

"우달치의 낭장, 배충석이다. 니들 걸친 걸 보아하니 금오위 놈들인가."

상대의 수장이 의심스러운 눈으로 이쪽의 행렬을 살펴보더니 답한다.

"금오위 산원 오덕소라 하오."

"국경에서 전갈을 보낸 것이 나흘 전. 벽란도에서 또 한 번 전갈을 보냈다. 전하를 호위하러 달려 나와야 할 금군들은 어찌 아니 보이고, 니들은 시방 이게 뭐 하는 행패냐."

산원은 아직도 의심스러운 얼굴이다.

"황감하오나 전하의 용안을 뵐 수 있겠습니까? 확인하기 전에는……."

그 말에 충석의 노기가 터져 나왔다.

"이 썩어 뒤질 놈들이……."

충석이 검에 손을 올리자 금오위의 산원과 그 수하들이 일제히 무기를 빼어 든다. 처음부터 싸우자고 온 놈들이 분명하다. 그러나 충석과 우달치들은 무기를 빼 들지 않고 있다. 아직 대장의 명이 없는 것이다.

최영이 천천히 말을 몰아 앞으로 나섰다. 눈까지 내려 썼던 쓰개를 벗으며 내키지 않는다는 듯 입을 연다.

"우달치의 중랑장 최영이다. 용안을 뵌다 한들 니놈들이 뭘 알 수 있겠는가."

금오위의 산원이 우물거린다. 중앙으로부터 명을 받기로는 왕을 참칭한 행렬을 잡아 세워 조사하라, 사람이며 짐들을 속속들이 들추어 일각이라도 그 속도를 늦추라 하였는데, 눈앞의 이 젊은 중랑장은 왠지 맞서기가 껄끄럽다.

최영은 불안해진다. 저들은 무슨 짓을 하려는 것인가. 아마도 앞을 막아선 금오위들은 주상의 시간을 지체하려 내보낸 것일 게다. 그렇다면 더욱 시간을 지체할 수 없다. 소리를 높인다.

"우달치."

부하들이 우렁차게 대답한다.

"예."

"이제 위장을 벗고."

소리를 더 높인다.

"우달치의 제 복장으로 전하를 뫼신다."

"예."

대답과 함께 우달치들이 일제히 위장용 바람막이 옷을 벗더니 공중으로 날린다. 최영 또한 바람막이를 벗어 던진다. 어지러이 날리는 바람막이들 아래로 우달치의 기품 있는 갑옷들이 드러난다. 원의 연경을 떠나올 때 짐 안에 감춰두었던 우달치의 본래 갑옷들을 벽란도에 내리며 찾아 입었다.

우달치의 문양인 기린을 새겨 넣고 검은색을 주색으로 만들어진 갑옷에는 각 지위와 조에 따라 색이 다른 줄을 넣은 허리띠와 옷깃이 드러나 보인다. 누구보다 가까이 주상을 모시는 우달치들이라 복장만큼은 어디에 내놓아도 꿀리지 않게 화려했다.

그 복장 때문에 금오위 병사들의 기세가 슬며시 꺾인다. 최영은 연이어 쩌렁쩌렁 명한다.

"지금부터 앞에 걸리는 놈은 상대불문, 문답무용. 무조건 벤다."

"예."

우렁찬 대답과 함께 우달치들이 일제히 무기를 빼어 든다. 그 기세가 흉흉하다. 금오위의 산원은 저도 모르게 자기 부하들을 향해 다급한 명을 내린다.

"일대 우로, 이대 좌로."

산원의 명에 따라 그 부하들이 황급히 길 양쪽으로 갈라지며 자리를 잡느라고 부산해진다.

그 와중에 충석이 최영에게 낮은 소리로 묻는다.

"아무래도 심상치가 않습니다. 중간에 농간을 부리는 자가 있을까요?"

"다음부턴 자네가 해."

"예? "

"소리 지르는 거."

무슨 소린가 해서 충석이 보았더니 최영이 한 손으로 자신의 복부를 누르고 있다. 드러내지는 못했으나 정말 아팠다.

은수는 흔들리는 마차 안에서 조심스럽게 자신의 두통을 점검해본다. 오늘 아침부터 두통이 좀 가라앉고 있다. 다행이다.

배를 타기 전부터 조짐이 심상치 않던 두통이 배를 타고 멀미 기가 합해지면서 미처 손쓸 겨를도 없이 최악의 상태가 되었다. 배당받은 선실은 왕비의 바로 옆방이었는데 두통에 시달리느라고 어떻게 생겼는지 기억도 안 난다. 스스로 진단하기에 몸살 기운도 겹친 듯했다. 연속되는 사건에 부대끼면서 스트레스가 너무 심해 면역력이 바닥으로 떨어졌다. 불기 없이 냉한 선실에서 편도선이 부어올랐고, 오한 증세까지 겹쳤다.

한의사 선생이 진맥을 하고 침을 놓아주겠다는 것을 거부했다. 호의를 거절하는 것이 미안하긴 했지만 그 침구가 제대로 소독이 되어 있을지 불안했다. 현대의 한의들이 쓰는 일회용 침도 아니지 않은가. 그랬더니 시커먼 사약 같은 것을 보내왔다. 쌍화탕 같은 것이겠거니 하고 억지로 마셨는데 그것이 효과가 있었나. 두통이 전에처럼 기절 상태까지 가진 않았다. 그래서 간신히 몸을 추슬러 사이코를 찾아나섰다가 보기 좋게 거절당했다. 두 번 세 번 찾아갔는데 번번이 그 부하들이 나서서 막았다.

그래. 자기를 죽이겠다고 칼로 찌른 사람에게 치료를 해달라 하는 것도 꼴이 우습겠지. 내가 보기엔 그자가 사이코패스지만, 그자가 보기엔 내가 자신을 죽이려 든 살인자일 것이다. 젠장. 왜 그랬을까. 도대체 어쩌자고 내가 그랬을까. 아무리 생각해도 믿어지지가 않는다. 내가 내 손으로 검을 들고 사람을 찌르러 달려갔다니.

"임자가 한 게 아니야."

하고 그자는 말했다. 그랬다. 찌르겠다고 달려간 것은 은수였지만, 그 검을 복부로 깊이 찔러 넣은 것은 그 자신이었다. 나도 얼마큼은 찔렀지. 순순히 자인한다. 그 칼이 그렇게 날카로울 줄은 몰랐다. 두꺼워 보이는 가죽 갑옷을 그렇게 쉽게 찌르고 들어갈 줄은 몰랐다. 몰랐다 해도 어쨌거나 자신은 검을 들고 찌르겠다고 달려갔고, 그자는 그 검을 받아서 자신의 배에 박아 넣었다.

나는 그때 잠깐 정신이 돌았었다 치고, 그자는 왜 그랬을까. 죽고 싶었던 건가? 아무래도 만나야겠다. 만나서 말해야겠다. 무엇보다 수술 부위가 걱정된다고. 항생제를 제대로 투여하지 못해 염증이 생겼을까봐 무섭다고. 그리고 물어보고 싶다. 왜 그랬냐고. 왜 하필 내 앞에서 그랬냐고. 그리고…… 왜 그렇게 말했느냐고.

"임자가 한 게 아니야."

자신의 옷깃을 잡아당기던 그의 강한 손을 기억한다. 서로의 숨결을 느낄 만큼 가까웠던 거리도 기억난다. 울림이 좋았던 그 목소리도 생생하다. 통증에 얼굴을 찌푸리면서도 그는 힘 있게 말했다. 그 말이 그 후로 계속 은수를 달래고 감싸주었다.

"임자는 죽었다 깨도 날 찌를 수 없어."

기억 속의 그 목소리에 다른 목소리가 합쳐 들린다.

"왕비마마. 신, 충석입니다."

옆자리에 앉았던 왕비가 답한다.

"말하라."

은수가 얼른 창문을 연다. 사내들이 부장이라 부르던 자가 바로 옆에서 말을 몰고 있다. 아마도 사이코 바로 아래 서열인 듯했다. 배 안에서의 이박삼일 동안 두통에 시달리면서도 보고 들은 것들이 있었다.

"이제 곧 왕궁입니다. 전하와 왕비마마께서는 바로 선인전으로 드시게 됩니다. 기별을 보냈으니 지금쯤 고려의 모든 중신들이 모여 기다리고 있을 것입니다."

뭐래? 왕궁? 고려의 모든 중신?

"전하께서 전하라 하신 말씀 그대로 전해올리겠습니다. 옥체가 불편하신 거 압니다만 잠시라도 참여하셔서 중신들의 예를 받아주셨으면 하오……, 라 하셨습니다. 그럼 전하였습니다."

하더니 가버린다. 돌아보았더니 내내 무표정하던 왕비의 얼굴에 표가 나게 짜증이 서려 있다. 옆의 주머니를 뒤적이더니 거울 같은 것을 꺼내 자신의 얼굴을 비춰 본다. 그 마음이 짐작이 되고도 남는다.

명색이 왕비가 돼서 중신들이 다 기다리고 있다는데, 여행에 시달린 초췌한 모습으로 나서고 싶지는 않을 것이다. 적어도 옷을 갈아입고 화장을 고칠 시간은 줘야지. 하여간 남자들이란.

은수는 자신의 가방을 뒤적여 화장품 파우치를 꺼낸다. 샘플로 받은 기초화장품들과 콤팩트. 색조화장품도 종류별로 들어 있다. 성형외과 의사가 되면 싫어도 외모에 신경 쓰게 된다. 환자들은 무엇보다 먼저 의사의 얼굴을 체크하면서 이 의사가 말하는 효과를 믿어도 되는지 가늠하는 것이다.

"나 좀 봐요."

왕비가 놀라서 본다. 파운데이션 같은 건 바르지 않았어도 뽀얗게 분이 묻어날 것 같은 피부다. 수분 크림부터 발라준다.

"회복 중인 환자 치고는 피부가 좋네요."

왕비가 놀라서 비키려다가 멈춘다. 무엇을 해주고 있는지 깨달은 듯하다.

"왕비님이시니까 좀 우아하게 해드릴게요. 섀도는 브라운 톤으로 할까. 음…… 핑크 톤도 좋겠는데."

왕비가 들고 있던 거울을 보다가 실소를 한다. 구리로 만들었나? 이런 일그러진 거울로 매일 자기 얼굴을 보고 산다면 성격이 비뚤어질 게 틀림없다. 가방에서 거울을 꺼내 쥐여주었더니 그 거울 속의 제 얼굴을 본 왕비가 깜짝 놀란다. 그러고는 다시 은수를 보는데 그 눈에 감출 수 없는 미소가 담겼다.

오케이. 친근감 급상승. 파운데이션을 꼼꼼하게 발라주며 은수도 활짝 마주 웃어준다. 립스틱은 어떤 색이 어울릴까.

그래 웃자. 은수는 웃음의 마법을 믿는다. 견딜 수 없이 힘들거나 외로울 때는 웃었다. 그러면 조금은 견딜 만해졌다. 함정 같은 절망에 집어삼켜졌을 때도, 누군가에 대한 미움에 잠을 이루지 못할 때도, 일부러 크게 하하 웃었다. 그러면 좀 정신이 차려졌다. 지금 이것들이 꿈이든 SF의 현실이든 일단 웃자. 그럼 그게 무엇이든 이 순간만은 즐길 수 있는 거니까.

피치색의 볼터치까지 발라주었더니 왕비라고 불리는 아가씨는 화사하게 피어났다. 은수의 기분이 훨씬 좋아진다.

왕궁 앞의 대로에 접어들었을 때 우달치 대원 중의 일부가 열을 맞춰 기다리고 있는 것이 보였다. 나머지는 궁 안에 제자리를 지키고 있을 것이다.

최영은 열을 맞춰 서 있는 대원들을 빠르게 점검한다. 기색이 뭔가 이상하다. 두 달여 만에 만난 동료들인데 반가움보다 다른 뭔가가 앞서 있다. 병조의 조장인 명호가 달려와 옆으로 붙는다. 행렬은 멈추지 않고 이동 중이다.

"다녀오셨습니까."

"뭐냐."

"그것이……."

"뭐야."

명호가 주저하며 보고한 이야기는 도무지 믿을 수가 없는 내용이었다. 최영은 뒤를 돌아본다. 전하와 왕비께서 타신 마차. 멈출 수는 없다. 가는 데까지 가볼 수밖에.

선인전의 큰 문 앞에 행렬이 멈췄다. 금군들이 이미 예를 갖추어 도열해 있다. 금군을 지휘하는 자는 안재. 최영의 오랜 벗이다. 눈을 마주쳤더니 아니나 다를까. 슬쩍 고개를 젓는다. 어두운 얼굴이다.

말에서 내려 주상의 마차 앞으로 간다. 이미 환관 안도치가 왕이 내리는 것을 돕고 있다. 그 옆에는 조일신이 끙끙대며 간신히 말에서 내리고 있다. 저자가 또 한바탕 시끄럽게 굴겠군. 내키지 않지만 왕을 부른다.

"전하."

"오랜만이군."

어린 왕은 왕궁을 보는 데 정신이 팔려 있다. 십 년 만에 다시 보는 왕궁이니 그럴 수도 있겠다. 잠깐 시간을 준다.

"모든 게 그대로야. 내가 기억했던 그대로. 변하지 않았어."

오랜 여정의 고단함으로 왕은 좀 마른 듯이 보인다. 그 얼굴에 떠오른 미소가 안쓰럽긴 했지만 최영은 더 미룰 수가 없다.

"아무도 나오지 않았다 합니다."

왕이 돌아본다. 이해하지 못하는 눈이다.

"조정의 중신들에게 전갈을 보내 선인전에서 전하를 기다리라 일렀으나 아직 나온 자가 없다 합니다. 아마 전갈이 중간에 잘못된 듯합니다."

뒤의 말은 거짓으로 붙인 말이다. 그 정도가 최영이 해줄 수 있는 최선이었다. 왕은 거기 도열해 있는 금군을 보더니 얼핏 뒤를 돌아본다. 뒤의 마차에서 왕비와 하늘의 여인이 내리고 있다.

그렇군. 왕께서는 왕비의 눈에 자신이 어찌 보일지 걱정하시는군. 최영은 마음이 좋지 않다.

"전갈이 잘못되었다면 여기 금군들이 이렇게 마중 나와 있지 않았겠지요."

역시 왕은 영리하시다. 최영은 고개를 숙여 보인다.

"어찌 된 겁니까?"

왕께서 직접 하문하신다. 최영은 어쩔 수 없이 고한다.

"덕성 부원군 댁에 오늘 경사가 있어 대부분의 중신들이 그리로 갔다 합니다."

"경사……."

왕은 계속 묻는 눈이다. 끝까지 다 듣겠다는 뜻이겠다.

"부원군의 아우, 기원이라는 자가 있습니다. 그의 아들이 돌을 맞이하여 잔치를 열었답니다."

왕보다 먼저 그 옆에서 듣고 있던 조일신이 소리 지른다.

"무엇이 어쩌고 어째? 대체 이것이…… 이것이……."

넓은 선인전의 앞마당을 지나는 동안 조일신은 내내 소리를 질러댔다.

"역사 고금 하늘 아래 이런 일은 없었습니다. 전하. 제아무리 패악한 만고의 역적, 간신, 모리배도 이런 짓은 아니했습니다. 이 나라의 왕께서 오신는데, 그 왕의 녹을 먹고사는 아랫것들이 다 어디 있단 말입니까. 무엇이 어째요. 누구네 돌잔치에 가요? 있을 수 없는 일입니다. 이럴 수는 없습니다. 전하. 소신 비통하여 피를 토할 거 같사옵니다. 전하. 어찌 견디십니까. 어찌 말씀이 없으십니까."

선인전의 내부도 텅 비어 있었다.

오로지 주변을 지키는 우달치들만이 지나가는 왕에게 최고의 예를 바칠 뿐이다. 고려의 중신들이 있어야 할 자리는 하나같이 비어 있었다.

선인전은 피하고, 왕께서 거하실 강안전으로 먼저 가자고 청했으나 왕은 거절했다. 일행은 입구에 멈췄고 왕은 혼자 천천히 편전의 중앙을 가로질러 옥좌가 있는 곳까지 걸어간다.

그런 왕의 뒷모습을 보면서 최영은 한 가지는 인정하기로 한다. 이번 왕께서는 적어도 고통을 피하지는 않으신다. 원나라에서 아무리 볼모의 처지였다고는 하나 왕족으로 아낌없는 보호를 받으며 자라오셨을 것인데, 그렇다면 조금의 아픔도 견디지 못하고 피하는 것이 습성이 되었을 것인데, 이 왕은 그러지 않으시다.

십 년 만에 왕으로 돌아온 고국, 왕의 왕궁에 들어섰으나 단 한 명도 마중 나온 신하가 없다. 어지간히 심약한 분이라면 분노에 이성을 잃거나 충격에 혼절할 수도 있는 모양새다. 그런데 이 왕께서는 그 어느 쪽도 아니셨다. 제 발로 편전까지 걸으셨고, 비어 있는 편전을 제 눈으로 확인하신다. 분노도 절망도 들키지 않으신다.

옥좌에 다다른 왕이 이쪽을 향해 돌아선다. 왕의 시선이 똑바로 향하는 곳은 왕비였다. 최영은 슬쩍 왕비의 기색을 살핀다. 왕비 또한 똑바로 왕을 바라보고 있다. 이 두 분의 관계를 알 수가 없다. 일견 피차 증오하시는 듯 보이지만 이런 순간에 보면 둘은 마음의 대화를 나누는 사이다. 소리 내어 말을 하지 않아도 전해지는 관계다.

이 순간 왕은 왕비에게 묻는다. 자, 이것이 나의 처지요. 그러자 왕비는 답한다. 보았습니다. 왕은 또 왕비에게 말한다. 이러한 상황이지만 난 싸울 것이오. 그러면 왕비는 또 답한다. 알겠습니다. 그리 보입니다.

왕께서는 싸울 생각이신가. 그게 어떤 싸움이든 이제 자신과는 상관없다.

무엇보다…… 최영은 자신의 몸 상태가 아주 좋지 않다는 것을 느끼고 있다. 벽란도에서 말에 오르다가 하마터면 떨어질 뻔했다. 다행히 아무도 알아차리진 못했다. 열이 높은지 입안이 불처럼 타고 온몸이 멍석말이라도 당한 듯 고통스럽다. 간신히 버티는 중이다. 망신스러운 꼴을 보이기 전에 되도록 빨리 혼자 있을 자리로 가고 싶다. 그러다가 저도 모르게 미소가 떠올랐다.

옥좌 뒤, 내전으로 통하는 우측 문이 열리며 우르르 쏟아져 나오는 나인들. 그리고 그 맨 앞에 선 최 상궁. 그들이 왕의 앞에 일제히 무릎을 꿇어 예를 올린다.

"전하, 강녕하시옵니까. 먼 길에 얼마나 고초가 심하시었습니까."

전하의 대답 따윈 기다리지도 않고 할 말을 다 한다.

"혹시 기억하시겠습니까? 전하께서 열 살 어리신 나이에 원으로 끌려 들어가실 때 마지막까지 저의 손을 잡고 계셨습니다."

기억을 더듬던 왕의 얼굴이 환해진다. 왕궁에 들어선 뒤에 처음 보이는 미소다.

"최 상궁?"

"그렇습니다. 최 상궁, 아직 목숨을 부지하고 있었습니다. 이만 일어날 수 있게 허해주십시오. 할 일이 많사옵니다."

"그 성격도 기억나네. 여전하구려. 일어나시게."

그 이후는 일사천리로 진행되었다. 최 상궁은 왕에게 환관들을 붙여서 왕의 처소인 강안전으로 모시게 하고, 왕비에게는 궁녀들을 붙여서 왕비의 처소인 곤성전으로 모시게 했다. 그 와중에 딱 한 번 최영을 돌아보았는데 그이답게 한눈에 최영의 상태를 짚어내었고, 그 상태를 밝히지 못하는 최영의 입장까지 읽어내었다.

"얼굴 꼬락서니 하곤…… 전하를 뫼셔야 할 우달치가 제 몸을 어찌 굴려댔기에."

지나가면서 그 한마디만 던졌다. 하늘여인의 앞을 지나

가면서는 그녀의 머리 꼭대기부터 발끝까지 한숨에 훑어보고는 아무 말도 하지 않았다.

최영의 지시를 받은 충석이 우달치들을 지휘해서 강안전을 호위하러 가고, 그리고 편전에는 그들만 남았다. 최영이 돌아선다. 거기 하늘여인이 장빈의 옆에 서 있었다. 최영을 빤히 보고 있다가 다가온다.

"나 좀 봐요."

하며 손을 뻗어온다. 최영의 손목을 잡으려는 듯하다. 슬쩍 그 손을 쳐내고 장빈 쪽으로 걸어간다. 장빈 역시 최영의 손목을 잡으려 든다. 장빈의 손은 손목을 돌려 피한다. 장빈이 재차 손을 뻗어온다. 보법을 써서 피해 지나치면서 청한다.

"저분 좀 부탁합시다."

하늘과 땅의 의원 둘 다 최영의 병세를 눈치 채고 있는 모양이다. 곧 부하들도 알게 될 듯하다. 시간이 많지 않다.

왕궁 구석 쪽에 자리한 작은 방은 이따금 최영이 수면실로 사용하는 곳이었다. 외진 데다 창문조차 없는 곳이라 창고로도 사용하지 않는 잊혀진 공간.

들어서 문을 닫자마자 최영은 무너져 내렸다. 누우면 정말 일어나지 못할까봐 간신히 벽에 기대앉는다.

이제 거의 다 됐다. 지난 칠 년간의 왕궁 생활이 이제 그 끝이 보인다. 그의 임무는 새 왕을 왕궁으로 모셔오는 것까지였다. 이제 왕께서는 소세를 하시고 어의를 갈아입으실 것이다. 간단하게 수라를 받으실지도 모른다. 그렇게 여독을 푸시면 부르실 것이다. 그때에 고하면 된다. 궁을 떠나겠다고. 그리해도 된다는 허락을 이미 받은 바 있다고. 그러고는 앞으로의 강녕을 빌어드리면서 물러나면 된다.

전하는 고모인 최 상궁께서 돌보아드릴 것이다. 직책은 비록 상궁에 지나지 않지만, 고려 왕궁 내의 모든 흐름은 최 상궁의 손을 거쳐 움직인다. 그러니 우달치의 무력이 뒷받침되기만 하면 전하는 무사하실 것이다. 무사하지 못하다 해도 이제 내 소관이 아니다.

내 소관이 아니다, 라고 규정하자 마음이 날아갈 듯이 가벼워졌다. 펄펄 끓는 열조차 내리는 듯싶다. 그래서 저도 모르게 병싯 미소 지으며 소리 내어 말한다.

"고모. 미안하우."

고모, 최 상궁은 문신 가문이었던 최씨 집안에서 유일하게 무술을 배웠다. 어린 나이에 궁에 들어가 나인이 되었는데, 그 자질에 반한 무각시의 당시 수장이 총애하며 가르쳤다 했다.

최영의 나이 여섯 살 때에 부친은 누이동생이었던 최 상궁을 집으로 불러 최영을 시험해보라 청했다.

"이 아이가 무예를 할 만한 재목인지 알아봐주게."

최 상궁은 어린 조카를 딱 반나절 데리고 놀아보더니 오라버니에게 물었다.

"이 아이에게 정녕 무술을 가르치려고요? 한번 가르치면 평생 검을 놓지 못하게 될 것인데?"

최영은 그날 저녁을 기억한다. 아버지는 최영을 부르더니 자신의 무릎에 앉게 하였다. 아버지의 수염이 이마를 간질이던 것을 기억한다. 이렇게 큰 자신을 무릎에 앉히다니 창피해서 온몸이 굳었던 것을 기억한다. 그렇게 안고서 아버지는 말씀하셨다.

"영아. 너는 나라 사랑을 집과 같이 하여라. 나라의 형편이 날로 멸망해가는 것은 모든 사람들이 집만 알기 때문이다. 영아. 너는 황금 보기를 돌과 같이 하여라. 나랏일이 날로 비참해지는 것은 모든 사람들이 황금만 좋아하기 때문이다. 영아. 너는 무예를 배워라. 나라의 치욕됨이 여기까지 이르렀으나 나는 적에게 한 대의 화살마저 뽑아 쏠 재주가 없다. 하여 네 아비인 나는 선비 된 것을 한탄하니 너는 반드시 무예를 익히거라."

열여섯의 나이에 부친의 임종을 지켜야 했다. 아버지는

꺼져가는 숨을 붙들고 최영에게 물었다.

"내가 했던 말을 기억하느냐?"

"기억합니다."

"써보아라."

최영은 그 옆에 앉아 먹을 갈아 글을 썼다.

부친은 최영이 낮에 무예를 익히고 돌아오면 밤에 불러 앉혀 글을 가르쳤다. 바른길을 헤아려 알지 못하는 힘은 오히려 세상에 해가 되니, 힘을 기를 때는 반드시 그 힘을 쓸 길을 찾는 지혜를 먼저 길러야 한다고 했다.

見金如石(견금여석) 네 글자를 쓸 때는 눈물이 하염없이 떨어져 글자가 다 번졌다. 최영이 쓴 글자들을 보고 나서야 부친은 눈을 감았다. 미소를 짓고 있었다.

부친이 돌아가자 장례만 치르고 바로 집을 떠나 스승이 이끄는 적월대에 들어갔다. 부친의 유언에 따라 삼년상은 치르지 않았다. 부친은 말했다.

"삼년상 따위는 생각도 마라. 해골이 썩어가는 무덤 옆에서 무엇을 할 수 있단 말인가. 그 시간에 나라를 위해 돌멩이 하나라도 옮기는 것이 옳다."

그렇게 집을 떠나 사흘째 되던 날, 최영은 생애 첫 번째로 사람을 죽였다.

"아버지."

하고 최영이 소리를 내어 말해본다.

"더는 못하겠습니다."

부친을 여의고 십삼 년, 스승을 잃고 다시 칠 년. 부친과 스승의 뜻에 따라 살아왔다. 나라를 위하라 하기에 그 나라의 왕께 모든 충성을 다하였다. 그러나 그 왕들은 나라를 위하지 않았다. 어쩌면 이 나라, 다시 말하여 백성들이 왕을 원하지 않는 것일까. 내가 무엇을 잘못하여왔는가?

"제가 할 수 있는 것은 다 하였습니다."

마지막까지 할 수 있는 모든 것을 다 하다가 빚을 하나 얻었다. 하늘에서 모셔온 그분. 그 빚만 갚으면……. 떠나도 된다.

그러기 위해 그때까지는 살아 있어야겠지. 최영은 갑옷을 벗기 시작한다. 상처 부위가 불타는 인두를 얹은 듯 뜨겁다. 붕대를 풀어 보았더니 상처 부위에 염증이 생기고 있다. 아직은 곤란한데.

하늘의원. 붉은 머리를 가진, 돌려보내드려야 하는 빚.

설마 또 울고 계신가. 그 아이 같은 눈에 눈물이 가득해서?

설마 그 사람. 염증이 생긴 걸까? 은수는 불안해 견딜 수가 없다.

고려 왕궁이란 것을 구경했다. 아니 구경만이 아니고 아예 그 안에 들어섰다. 텔레비전 속 사극 드라마에 나오는 세트와는 전혀 느낌이 다른 웅장함과 실재감에 넋을 잃을 뻔했으나, 그때마다 그가 눈에 들어왔다. 계속 옆자리를 지켜주고 있는 한의사의 소매를 잡아당겨 물었다.

"저 사람, 열이 나는 거 같아요."

멀리서 봐도 그의 얼굴은 벌겋고 입술은 허옇게 타들어가고 있다.

"예."

하고 한의사는 간단하게 답하고 만다.

"어떻게 좀 해봐야 되지 않아요? 저러다 패혈증 생기면 어떡해요."

조바심을 냈는데 꿈쩍도 않는다.

"지금은 형편이 안 좋습니다."

형편이라니. 이게 지금 형편을 따질 일이냐 말이다.

넓고 화려한 홀에서 그자가 가까이 있기에 얼른 손목 좀 잡아볼까 했다. 열도 재고 맥박 수라도 재어보려고. 그렇게 야멸차게 손을 쳐낼 줄을 몰랐다. 그러나 그는 한의사의 손도 그렇게 쳐내는 거 같다. 도대체 의사들의 손길을 뿌리쳐야 하는 형편이 뭔데?

한의사를 따라가며 계속 떠든다. 은수는 원래 겁이 나거나 걱정이 심해지면 말이 많아진다. 스스로 고쳐보려고 했는데 안 된다. 지금 한의사를 따라 걷는 이 길, 왕궁 내부라는데 어찌나 구불구불 복잡한지 길을 외우겠다는 생각은 일찍이 버렸다.

내 상상력이 만들어낸 내 꿈의 일부라고는 결코 납득할 수 없는 이 세계. 내가 찔러 죽어가는 한 사람. 치료는커녕 손도 건드리지 못하게 하고 눈조차 마주치지 않는 그 남자. 은수는 점점 말이 빨라지고 많아지고 있다. 자기가 하는 말에 집중하고 있으면 적어도 지금의 걱정거리를 잠시 잊을 수 있다는 방어기제다.

"그니까 패혈증, 셉시스. 이게 뭔가 하면요. 몸 안의 세균이 혈액 속에 들어가 퍼져서 번식하는 거예요. 그럼 그게 독소를 생산하거든요. 그 과정에 중독 증세를 일으키거나, 아니면 혈액의 순환에 의해 2차적으로 여러 장기에 감염을 일으키게 되는 거죠. 초기 증상으로는 호흡이 가빠지고 급작스런 발열. 아니면 저체온증. 간혹 정신착란 같은 신경학적 증세도 나타날 수 있고요. 중요한 건 초기에 치료하는 거예요. 다른 장기까지 감염되면 진짜 힘들어진다고요."

한의사가 걸음을 멈춘다. 제어가 안 되는 기관차처럼 떠들어대는 은수의 말을 다 들어주고 있었던 모양이다.

"힘들어진다면?"

"치료할 수가 없다고요."

"살릴 수가 없단 얘깁니까?"

"살릴 수야 있죠. 약만 있으면요."

"무슨 약이요?."

"페니실린이나 암피실린, 세파, 아미킨. 근데 그중 아무
것도 없다면서요."

말을 하다가 은수는 멈칫한다. 한의사가 엄한 눈으로 은
수를 보고 있다. 그 눈만으로 무슨 생각을 하는지 알겠다.
의사가 돼서 어찌 그렇게 무책임하냐 이거겠지. 그런데 뭐,
나더러 어쩌라고. 약이 없다니까.

한의사가 돌아서 어딘가의 입구로 들어서는데 입구 위에
는 나무 현판이 달려 있다. 한자로 쓰여 있어서 못 읽겠다.
주춤거리며 따라 들어선다. 어쨌든 이 알 수 없는 세상에서
은수의 말을 끝까지 들어주며 반응해주는 이는 이 한의사
한 사람밖에 없다.

그 사이코에 못지않게 키가 크고 다리가 긴 한의사를 열
심히 종종 따라가면서 묻는다.

"이름이 어떻게 되세요? 전 유은수라고 하는데요."

"장빈입니다. 이곳 전의시의 책임을 맡고 있습니다."

"아아, 외자 이름이시구나. 이곳 전의시라면……."

253

하다가 은수의 입이 벌어진다. 장빈을 따라 들어선 이곳
은 아마도 한의원인 듯싶은데 그 규모가 자못 컸다. 널따란
마당을 둘러싸고 있는 방들은 아마도 치료실 내지는 입원
실, 혹은 약제실로 보였고, 하얀 제복처럼 보이는 옷을 입
은 남녀가 오가다가 장빈을 보고는 절을 해온다. 색다른 옷
을 입은 은수를 보며 수군대던 자들도 장빈의 시선을 받고
는 얼른 고개를 숙이고 물러선다.

"그니까 여기가 한의사 선생님 병원이에요? 원장이신가?
여기 의사가 몇 명이나 돼요? 디따 크네."

"제 것이 아니라 전하의 것입니다. 이쪽으로."

약제실로 보이는 커다란 건물의 옆길로 들어서자 이번에
는 잘 손질된 약초밭이 나왔다. 이랑을 따라 각각 다른 약
초들이 마치 마녀의 정원처럼 펼쳐져 있다. 그 약초들 덕분
에 이곳의 공기는 허브 향으로 가득 차 있다. 장빈이 안내
해 간 곳은 그 정원 끝에 자리한 작은 집이었다.

"안쪽 방을 치우라 하겠습니다. 더기라고 약초밭을 관장
하는 아이가 다른 한 방을 쓰고 있습니다. 돌보아드리라 이
르지요. 불편한 것들이 있겠지만 그리 오래 머물지 않으실
듯하니 조금만 참으십시오."

"오래 머물지 않는다면……."

"대장이 돌려보내드리기로 약속했다면서요. 곧 모시고

나갈 겁니다."

"그 사람, 나 데리고 나갈 수 있어요? 무지 높은 사람인 거 같던데."

"아마 곧 그만둘 겁니다. 우달치의 대장 직. 이 궁에서의 생활도."

"이런 고려 왕궁의 군인도 그만둘 수 있어요? 그 사람 군인 맞죠?"

"우달치이긴 하지만 무사라고 불리는 걸 좋아할 것입니다."

"무사⋯⋯."

"예, 고려의 무사입니다. 남들이 인정해주어야 하는 것이라 아무나 될 수 있는 것이 아니지요."

"고려의 무사⋯⋯."

하며 하늘의 의원은 열심히 외운다. 그러더니 또 금방 그 커다란 눈을 더 크게 뜨고 진지하게 묻는다.

"그런데 그 사람 좀 오라 그럼 안 돼요? 내가 싫으면 한 의사 선생 진찰이라도 받으라 하게. 좀 불러올 수 없어요?"

장빈은 그렇게 열심히 말하는 하늘의 의원을 잠자코 본다.

처음에는 경망스러운 여인이라 생각했다. 의원이라기에는 하는 말이며 태도가 도무지 믿음이 가지 않았다. 그러나 하늘의원이 왕비의 목에 난 검상을 시술하는 것을 보고 그 생각을 바꿨다. 일단 시술에 들어가자 하늘의원은 무서운 집중력을 발휘하며 그야말로 하늘의 신기라 할 만한 능력을 내보였던 것이다.

대장을 검으로 찔렀다는 이야기를 들었다. 하늘로 돌아가려는 의원을 대장이 잡아 막았고, 그 죄를 물어 찌른 것 같다는 부연 설명도 들었다. 그러나 대장의 검상을 치료하는 하늘의원을, 앞에서 도우며 보았다. 집중력에 더하여 그 간절한 힘을 보았다.

장빈은 어려서부터 무역 상인이었던 아버지를 따라 각국을 돌아다녔다. 그러면서 여러 나라 말도 배웠지만 무엇보다 그의 흥미를 끌었던 것은 의술이었다. 천축국에 아예 자리를 잡고 아유르베다를 배웠다. 덕분에 하늘의원이 절개의 신술을 펼칠 때도 금방 납득할 수 있었다. 딱히 스승이라 할 분이 따로 없는 것은, 장빈이 한 스승에 만족하지 못하고 의술이라면 누구에게든 달려가 들러붙어 배운 까닭이다. 침술도 배우고 약초도 배우고 그러면서 독도 배웠다.

그때에 들었던 이야기가 있다. 몸의 병을 치료하는 것은 기술을 배우면 되지만 마음의 병을 치료하는 것은 마음을 기울이는 법을 터득해야 한다. 그러나 아무리 애를 써도 하늘에서 받아 태어나지 못하면 이르지 못하는 경지가 있으니, 그것은 사람의 혼을 치료하는 기운이다. 오직 뱀만이 땅꾼이 내는 기운을 알아보듯, 혼이 병든 자들만이 그 기운을 알아차릴 수가 있다.

혹시 이 하늘의원이 그 기운을 가지고 있을까? 이 며칠 함께 지내오면서 장빈은 여인이 늘상 내뿜는 밝은 기운을 느꼈다. 배 안에서 멀미와 두통으로 속에 든 것을 게워내면서도 여인은 웃으며 농을 걸었다. 지금 칫솔하고 치약만 갖다준다면 내가 꼬옥 안아드릴 수 있는데. 막 토한 여자가 안아준다면 싫어하실 거예요?

혹시 이 하늘의원이 그 기운을 가진 분이라면 대장의 혼도 치료할 수 있을지 모른다. 지난 칠 년 동안 같은 궁에서 지내면서 장빈은 여러 번 대장의 혼을 건드려보려고 했다. 대장은 의원의 도전욕을 불러일으키는 병자였다. 그러나 번번이 가로막혔다. 대장을 가두고 있는 것은 철벽이 아니라 허무의 늪이어서 깨기는커녕 다가설 방법도 없었다. 이 하늘의원이라면 혹시 될까?

"그 형편이란 게 뭐예요? 그게 뭔데 아픈 사람이 치료도 받지 않으려는 건데요? 그냥 아픈 게 아니라 죽을 수도 있다니까!"

하늘의원이 또 성을 내려고 한다. 잘 웃고 잘 울고, 성도 잘 낸다. 가라앉아 있는 법이 없는 기운이다.

"적어도 이 궁 안에서는 치료를 받지 않으려 할 것입니다."

"왜요."

"진찰을 해보고 병이 위중하면 나을 때까지 눕혀놓으시겠지요?"

"당연하죠."

"누워 쉬는 동안 다시 일이 생기면 그 일은 온전히 대장의 몫이 됩니다. 궁의 일이란 것은 끊이는 법이 없고, 새로 즉위하신 주상 전하의 일이라면 더욱 겹치겠지요. 그럼 다시 기약 없이 매이게 됩니다. 궁을 나갈 기회를 놓치게 되는 거지요."

하늘의원은 이해가 되지 않는다는 얼굴을 한다. 속이 다 드러나는 분이다.

"그럼 궁을 나가면 치료를 받으려 할까요?"

"아마 하늘의원 님을 다시 돌려보낼 때까지는 살아 있으려 할 테니 받지 않겠습니까?"

"언제 나갈 수 있는데요. 오늘? 내일? 이거 시간을 끌수록 위험한데……"

"글쎄요. 누구보다 대장이 초조해하고 있을 테지요."

"좋아요, 그럼……"

여인이 다시 생기를 되찾더니 눈을 반짝인다.

"염증이 생겼을 때를 대비해서 약이 필요해요. 한방에서는 어떤 약을 써요? 내가 이쪽 약은 아는 게 없이 완전 무식하거든요. 좀 가르쳐주세요."

역시 햇살의 기운을 가진 분이다.

대장이 이분을 모시고 궁을 나간다면 많이 서운하겠다. 하늘의원을 모시고 그 신기를 배울 수 없다니 그것도 아쉬운 일이지만, 대장 그를 다시 보지 못하게 되는 것은 많이 쓸쓸한 일이 될 것이다. 더러움이 가득한 이 왕궁에 오욕에 찌들지 않은 자가 있어, 이따금 나란히 앉아 보이차를 마시는 즐거움이 있었는데. 굳이 무슨 말을 나누지 않아도 그 시간이 고즈넉하니 좋았는데.

최영의 밀실 따위는 다 꿰고 있는 대만이 최영을 찾아왔다.

주상께서 찾으신다 한다. 드디어 그 시간이 왔구나. 최영은 홀가분한 마음에 일어서다가 짧은 현기증을 느낀다. 대만이 뭔가 이상한 것을 눈치 챘는지 최영을 빤히 본다. 놈의 머리통을 잡아 밀며 나선다.

최영이 강안전, 주상의 서재에 들어섰을 때 왕은 보고를 받는 중이었다. 예를 올리며 들었더니 바로 어제 선혜정에서 불에 타 죽었다는 스물네 명의 이야기다. 최영은 이미 강안전까지 오는 도중 우달치 조장, 명호의 보고를 대충 들었다.

"문하시랑 도목 안정수. 어사대부 강희 장득영. 국자박사 대암 이세달……."

조일신이 어김없이 분개하여 떠든다.

"전하 들으셨습니까? 도목, 강희. 대암……. 그들이 누굽니까? 하나같이 고려 왕실에 충성하며 원에 대항하던 자들입니다. 전하의 중신이 될 자들이었습니다. 그들을 누가 죽였는가. 오늘 전하께 이토록 패역을 저지르고 있는 바로 그 자입니다."

왕이 최영을 돌아보자 조일신도 그제야 최영의 존재를 알아차린 듯 반색을 하며 다가온다.

"우달치. 그대는 당장 금군을 죄다 이끌고 기철의 집으로 쳐들어가라. 항거하는 자들은 죄다 죽여도 좋다. 그 자리에 참여한 것들은 모조리 기철의 하수인들이니 한 놈도 살려둘 필요가 없느니라."

일단 무시하고 왕을 바라본다. 조일신이 소리를 더 높인다.

"어째 대답이 없어. 우달치 니놈도 기철의 한패인 것인가? 그래?"

왕이 차분한 목소리로 최영에게 묻는다.

"가능한가요?"

"불가능합니다."

대답을 했더니 조일신이 거품을 문다.

260

"무엇이 어째? 전하. 우달치 이놈이 감히……."

왕이 손을 들어 조일신의 입을 다물게 한다. 조일신은 원나라에서 십 년간 왕의 옆을 지켰다고 들었다. 왕도 어지간히 심성이 강한 분이시구나. 저런 자가 늘 옆에 있었는데도저리 냉정을 잃지 않으시며 크셨다니. 왕이 최영을 보고 있다. 설명을 원하신다.

"황궁을 호위하는 응양군 일천 명, 용호군 이천 명은 상장군의 명을 받습니다. 저도 방금 들었습니다만, 그 상장군이 지금 부원군 집에 가 있다 합니다. 참리께서 방금 말씀하셨잖습니까. 그 자리에 참석한 것들은 모조리 기철의 하수인들이다."

조일신이 끼어든다.

"이군이 안 되면 육위의 군사를 죄다 불러오면 될 것이아닌가."

"부원군의 사병은 수천에 이릅니다. 육위의 군사가 도달하기 전에 그 사병들이 황궁을 포위할 게 뻔합니다. 그리고제일 먼저 여기 계신 참리의 목을 원할 것입니다."

조일신을 똑바로 보며 물어본다.

"그래도 해볼까요?"

조일신이 저도 모르게 자신의 목을 만진다. 왕이 또 하문한다.

"기철이란 자가 나에게 충성할 자들을 미리 다 죽였답니다. 그럴 수 있을까요."

"그럴 수……는 있겠으나 그랬는지는 모르겠습니다."

조일신이 걸음을 옮겨 왕의 앞으로 바싹 다가선다. 최영은 그런 조일신이 안쓰럽다. 주인의 관심을 원하여 꼬리를 치고 침을 흘리며 어쩔 줄을 모르는 개가 떠오른다. 아니다. 개는 모습은 추하게 보여도 주인을 배반하는 법은 없다. 사람은 자신의 추함을 상관하지 않게 되면서 염치도 잃는다. 염치가 없는 자는 배신도 쉽게 한다.

"전하, 칼이나 쓰는 이런 놈에게 무슨 상의를 하고 계시는 것입니까. 저를 보아주십시오. 제가 누굽니까. 원에서 십 년. 전하의 곁을 지키며 오늘날 전하를 이곳으로 모셔온 일신이옵니다."

최영은 후우 나오는 한숨을 속으로 삼킨다. 내뱉는 숨 하나하나가 뜨겁다. 열이 점점 높아지고 있다. 그때 왕이 말했다.

"지금 이 하늘 아래, 내가 진정 믿을 수 있는 자는 오직 하나뿐이오."

최영이 무거운 머리를 들어 보았더니 조일신은 왕의 그 말에 좋아서 금시라도 침을 흘릴 듯한 얼굴을 하고 있다. 그런데 왕은 최영을 본다.

"대장. 그대뿐이야."

조일신의 얼굴이 순식간에 시커메진다. 그만큼 최영은 난처해진다.

"그대는 이미 목숨으로 그것을 증명해주었어. 어명이라 했더니 제 목숨을 내놓아 받아주지 않았는가."

왕이 최영을 향해 미소 짓는다.

"이제부터는 최영, 그대를 내 믿을 수 있는 벗으로 대할 것이야. 그대도 나를 그리 대해주겠는가."

이를 어쩐다. 애써 삼켰던 한숨이 도로 새어나온다. 어쩔 수 없다. 최영은 품을 뒤져 그 문서를 꺼내며 왕께 다가선다. 두 손으로 바친다. 왕이 받아들며 의아하여 묻는다.

"무엇인가?"

"경창군께서 아직 폐위되시기 전에 받은 것입니다. 원에 서부터 전하를 모시고 오는 것이 저의 마지막 임무라는 것. 전하를 무사히 개경으로 모시고 오면 우달치 직을 사임하고 궁을 나가 평민으로 살아도 좋다는 허가서입니다. 거기…… 경창군마마의 낙관도 찍혀 있습니다."

문서를 펼쳐 보고 있는 왕의 기색이 차갑게 굳어간다. 알지만 할 수 없다.

"이제 전하께서 궁에 드셨으니 소신의 마지막 임무는 끝이 났습니다. 떠나는 것을 허하여 주십시오."

최영이 고개를 숙인다. 왕이 비통함을 감추지 못하고 묻는다.

"이런 곳에…… 이런 때에 나 혼자 남겨놓고 나가겠다고?"

"전하."

"나를 버리겠다고?"

왕의 그 말에 최영이 잠시 멈칫한다. 바로 전왕이셨던 경창군의 얼굴이, 그 음성이 겹쳐서 스친다. 그분도 그리 말씀하셨다. 나를 버리는 건가? 고개를 더 깊이 숙인다.

"윤허하여주십시오, 전하."

왕은 간신히 참으며 고개 숙인 대장을 본다. 당장이라도 소리를 질러 이자의 무릎을 꿇리라고, 이자가 어명을 무시하고 어의를 이토록 짓밟으니 어서 포박하여 왕의 면을 세우라고 외치고 싶은 것을 참는다. 소리를 내는 대신 손에 들린 종이를 다시 본다. 틀림없이 경창군의 낙관이 찍혀 있다. 자신의 조카, 바로 직전의 고려의 왕. 내용 또한 틀림없다.

옆을 돌아보았더니 조일신이 기쁨을 겨우 참으며 보고 있다. 안 된다. 주위를 둘러본다. 원에서부터 함께 온 환관 안도치를 제외하고는 아는 얼굴이라고는 보이지 않는다. 안 된다. 이런 자들로는 안 된다. 최영, 그대가 아니면 안 되겠다. 왕은 고개를 들고 말한다. 되도록 자신의 음성이 차분하고 힘이 있기를 바라며.

"한 가지 더."

최영이 고개를 들어 왕을 본다. 그 눈에 어린 절박함에 자칫 마음이 흔들릴 뻔했으나 왕은 말을 계속한다.

"내가 주는 임무를 하나 더 완수하면 그때 가서 이것을 생각해보지."

최영이 입을 여는데 입과 목이 말랐는지 소리가 갈라져 나온다.

"전하, 그게 경창 부원군께서 직접……"

왕은 벌컥 소리 지른다.

"그대는 지금 선왕과 현왕, 누구의 명을 따르겠다는 건가."

최영의 간절했던 눈이 차츰 감정을 잃어간다.

"증거를 찾아오세요. 선혜정에서 살해당한 중신들. 누가 무슨 목적으로 그리하였는지 증거를 찾아와요. 내가 누구와 왜 싸워야 하는지 알 수 있게 해줘요. 그게 현왕인 내가 내리는 임무입니다."

잠깐 벗을 대하듯 말을 놓았던 왕은 다시 높임말을 쓰며 명을 내렸고, 최영은 순간 혼절할 듯 눈앞이 흐려졌던 것을 가까스로 버텼다.

부하들에게 선혜정으로 갈 준비를 하라 이르고는 최영은

전의시 쪽으로 발걸음을 옮겼다.

하늘의 여인이 그곳에 있을 것이다. 어찌 계신지 살피고 양해도 구할 생각이었다. 하루이틀만 더 기다려 달라고. 그리하면 모시고 가겠다고. 언약을 지키겠다고.

약초원에 있다 들어서 그쪽으로 발길을 옮기다가 문득 멈춘다. 어디선가 소리가 들리는데 그분이다. 돌아보았더니 창문 너머로 보이는 전의시 대기실에 그분이 있었다.

"여보세요. 헬로. 아무도 없어요?"

아마 누군가 그곳에 안내해놓은 모양이다. 매사 빈틈없는 장빈이 지시한 일일 것이니 그리 오래 방치야 했겠는가. 그러나 여인은 참을성 없이 이곳저곳을 기웃거리며 돌아보는 중이다. 최영은 저도 모르게 창가 옆으로 몸을 숨기며 창살 너머의 여인을 본다. 여인은 누구든 들으라는 듯 큰 소리로 떠들고 있다.

"아, 뭐야. 사람 데려다 놨으면 누가 안내를 해줘야지. 무슨 매너들이 이따위야. 어디서 좀 씻었으면 좋겠는데. 화장실이 어디 있는지. 응? 밥은 왜 안 줘, 준다면서."

최영이 저도 모르게 미소 짓는다. 다행이다. 여인은 울고 있지 않다. 내내 아팠다더니 목소리도 여전히 까랑까랑하다. 여전히 하늘말을 함부로 섞어 쓰며 여전히 기운차다. 그러다가 최영이 움찔한다.

266

여인이 시선을 딴 데로 팔며 함부로 움직이다가 기어이 가구 모서리에 무릎을 찧는다. 아야…… 하더니 다친 곳을 보겠다고 서슴없이 바지를 쑥 걷어 올린다. 순식간에 드러난 하얀 맨다리에 최영이 놀라 고개를 돌려 외면한다. 창문 너머로 아아 아퍼…… 하는 여인의 울음 섞인 소리가 들린다. 그러게 조심 좀 하시지. 마음속으로 말한다.

굳이 얼굴을 맞대고 말을 건넬 필요는 없겠다. 보나마나 또 진맥을 하자며 손목을 잡으려 들 것이다. 이상의 근접은 원치 않는다, 하고 생각하며 다시 돌아본다. 그분은 혼자서 뭔가를 중얼거리며 불쌍한 얼굴로 앉아 있다. 불쌍한 얼굴로 앉아 있어도 그 눈은 반짝거린다. 저 눈은…… 기억하지 않는 것이 낫겠다.

최영이 선뜻 자리를 뜬다. 잘 계신 것을 보았으니 되었다. 우달치 두어 명을 보내 지키라 일러야겠다. 낯선 사람을 꺼리는 약초원의 더기가 싫어하겠지만 어쩔 수가 없다. 하늘에서 오신 의원이란 것이 소문이라도 나면 그 여파는 엄청날 것이다. 아이들 입단속을 다시 시키고. 그 옷 좀 눈에 띄지 않게 갈아입히라 하고. 저리 큰 소리로 혼자 떠드는 버릇 좀 고치라 이르게 하고.

성가신 여인을 위해 처리해야 할 것들을 하나하나 따져보면서, 정신마저 혼미하게 하던 열의 고통을 잠시 잊는다.

이제 다시 맡아 족쇄처럼 발목에 매달린 새 왕의 임무도 잠시 잊는다. 최영 자신은 미처 그것을 깨닫지 못하고 있다.

불에 탄 선혜정의 시신들은 이미 다 치워져 있었다. 부하들이 잔해를 들쑤시고 다니는 동안, 졸고 있는 듯 기대앉아 있는 최영에게 충석이 다가온다.

"방화가 틀림없습니다. 외부 벽에 기름을 끼얹었고 밖에서 불을 질렀습니다. 그 전에 아마 문이며 창문들을 밖에서 막아 잠갔을 겁니다. 그러니 단 한 명도 빠져나가지 못하고 다 안에서 죽었겠지요."

대장은 계속 눈을 감은 채다. 그 얼굴색이 말이 아니다.

"몸은 괜찮으신 겁니까?"

"몰라."

무책임한 대답이 돌아온다.

"정확하게 뭘 찾는 건지 알려주시면 우리가 찾겠습니다. 대장은 제발 좀 들어가십쇼. 장 어의든 하늘에서 오신 분이든 만나서 좀 봐달라 하시고……."

"하지 마."

"예?"

"크게 말하지 말라고. 머리가 울려."

그때 저만치서 덕만이 소리를 지른다.

"여기요. 이거요."

최영이 억지로 눈을 뜬다. 달려온 덕만이 내주는 것은 몇 겹으로 접혀진 종이였다.

"돌마루 바닥 아래 숨겨져 있었습니다. 여기 바닥 돌 중에 하나가 어그러져 있지 뭡니까. 그래서 집어내봤더니 그 아래 있었습니다."

덕만이 자랑스럽게 떠든다. 최영이 받아 든 종이의 겉에는 피가 묻어 있었고, 펼쳐보자 두 줄의 시가 적혀 있었다.

江陵位亡眡(강릉위망저)

求日立大義(구일립대의)

충석이 흥분해서 말한다.

"찾았습니다. 증거입니다."

최영이 심드렁하니 되묻는다.

"어째서?"

"여기서 죽어가던 자가 감춘 것 아닙니까. 보십시오. 여기 혈흔. 피를 토하며 죽어가던 자가 감추었으니까…… 그게 증거니까……."

"무엇의 증거?"

"그게…… 그러니까……."

"불에 타 죽어가는 자가 피는 왜 토하나."

최영이 말하며 끄응 일어선다. 그러게…… 하고 충석이 속으로 생각해본다. 최영이 종이를 접어 품에 넣으며 지시한다.

"모두 이동한다."

"궁으로 돌아갑니까?"

벽란도 항구에서 내린 뒤 종일 제대로 쉬지도 못했고, 안색이 안 좋은 대장도 걱정이 되었던 충석이 반색을 하며 물었지만 대장은 뜬금없는 대답을 했다.

"아니, 잔칫집으로 간다."

덕성 부원군 기철의 집에 도착했을 때는 이미 오후 햇살이 기울어져 가는 무렵이었다.

주변, 타인의 땅을 강제로 점탈해가면서 증축을 거듭한 저택은 끝이 보이지 않을 만큼 거대했다. 이 저택에 거주하는 사병들만 수백 명에 달한다고 한다. 이외에도 각 처에 자리한 덕성 부원군의 다른 처소에도 각기 보유한 사병이 있고, 그런 사병들을 양성하는 훈련소가 독자적으로 마련되어 있다고 했다.

대문을 들어서는데 벌써 요란한 음악이 들렸다. 점심나절부터 시작했다는 잔치는 밤늦도록 계속될 모양이다. 연회장으로 들어서자 개경의 온갖 벼슬아치들이 죄다 모여 있다는 말이 실감이 되었다. 중정까지 이어지는 그 넓은 연회장이 가득 차 있다. 넘쳐나는 술과 음식들 속에서 무희들은 음악에 맞춰 춤을 추고, 이미 술이 거나하게 오른 자들의 고성으로 시끄럽기 이를 데 없다.

최영이 충석을 향해 고갯짓을 해보인다. 충석이 앞으로 나서 심호흡을 하고 뱃심을 모으더니 벼락같이 소리를 질렀다. 최영이 미리 지시한 대로다.

"덕성 부원군 기철, 어명을 받드시오."

사람들이 분분히 고개를 돌려 이쪽을 보고, 그리고 저 끝을 돌아본다. 최영은 그 끝, 상석에 앉은 덕성 부원군 기철을 보고 있다.

최영은 물론 그자의 얼굴을 알지만 그자는 최영을 모를 것이다. 그것이 지난 칠 년 동안 최영이 애써온 것이니까. 누구의 눈에도 띄지 않게. 왕의 뒤에서 그림자로. 그런데 오늘 자신의 얼굴을 드러내게 생겼다. 이렇게 많은 자들 앞에서. 특히 덕성 부원군 앞에서. 어쩔 수 없다고 생각한다. 자신의 몸 상태로 보아 이틀사흘씩 버틸 수가 없다. 빠르게 처리하고 어서 궁을 나가 자취를 감추기로 하자.

기철이 일어서더니 이쪽으로 걸어온다. 마치 기다렸다는 듯이 여유 있는 미소를 띠고 있다.

"이 자리에 모이신 중신들. 들으시었습니까? 우리의 전하께서 원에서 이곳까지 멀고도 먼 길, 여장을 푸시기도 전에 기씨 집안의 경사에 축하를 보내시었습니다."

조용하던 중에 누군가가 박수를 치기 시작한다. 박수 소리가 커지고 억지 웃음소리도 커진다. 충석이 당황해서 최영을 돌아본다. 기철이 손을 들어 좌중을 조용하게 하더니 말을 잇는다.

"그래, 전하께서 하사하신 선물은 무엇인가. 참으로 궁금하여 기다리기가 어렵구먼."

최영이 앞으로 걸어 나가 기철의 앞에 선다. 순간, 잠깐 기철의 모습이 초점을 잃고 흐려져서 당황한다. 다행히 다시 시각이 돌아온다. 최영이 온화하게 말한다.

"덕성 부원군 나리."

기철도 온화하게 웃으며 답한다.

"듣고 있네."

"장내가 소란하여 잘 듣지 못하셨나 봅니다. 방금 받드시라 한 것은 어명입니다. 십 년 만에 이 나라 고국에 돌아오신 전하께서 가장 먼저 내리신 왕지. 왕의 뜻입니다."

이제 최영은 한 마디 한 마디 또박또박, 소리에 힘을 실

272

는다.

"그러니 전하를 친히 뵈어 모시듯, 무릎을 꿇고, 땅을 짚어 고개를 숙이고, 예를 갖춰 어명을 받드셔야 할 것이외다."

넓은 연회장이 숨소리조차 나지 않게 조용해졌다. 기철이 순간 얼어붙으며 최영을 본다. 도발은 이 정도면 되었다. 최영이 다시 미소를 짓는다.

"덕성 부원군 나리."

기철의 굳었던 얼굴이 풀리더니 재미있다는 듯 최영을 본다. 금시라도 소리 내어 웃을 것 같은 얼굴이다. 최영이 스윽 주위를 둘러본다. 어느새 몰려들어 온 기철의 사병들이 둘러싸며 자리를 잡고 있다. 최영의 뒤를 지키는 우달치는 충석과 대만 등 십여 명에 지나지 않는다. 우달치들이 어느 틈에 검자루를 잡아 발검 자세를 갖추고 있다. 대만의 팔목에서는 손칼이 반쯤 나오고 있다. 애들을 다치게 할 수는 없지. 이제 도발을 갈무리할 때다.

최영이 기철에게 좀 더 다가선다. 기철 옆으로 다가와 붙는 자들은 없다. 기철의 무술이 그만큼 높아서 걱정할 것이 없다는 것인가. 최영이 기철만 들리게 낮은 목소리로 말한다.

"그런데 말입니다. 보아하니 이 댁에 경사가 있는 모양인데 골치 아픈 어명은 어디 조용한 곳에서 전해드리면 안 되겠습니까?"

기철이 새삼스럽다는 표정으로 최영을 본다. 아예 고개를 갸웃 기울여 자세히 본다. 곤란하군, 하고 최영은 생각한다. 이런 자의 기억에 남고 싶지 않은데.

"이름이 무어라 했는가."

기철이 사뭇 정겹게 묻는다.

"우달치 대장, 최영이라 합니다."

"최영이라…… 최영."

기철이 기뻐서 웃는다. 기철의 앞에서 이리 큰소리를 친 자는 참으로 오랜만이다. 심지어 기철에게 무릎을 꿇으라 했다. 이 젊은것이 천지 분간을 못 해서 이러는가 싶어서 그 눈을 들여다보았더니, 조금도 흔들리지 않는 심지가 그 안에 박혀 있었다. 이런 아이가 이제껏 어디에 숨어 있었단 말인가.

"그리함세. 안으로 들어가지."

기철이 최영의 어깨에 손을 얹으려는 것을 최영이 교묘히 반걸음 움직여 피한다. 기철은 그것조차 마음에 든다. 이놈이 뱃심뿐만 아니라 무예도 제법이구나 하여 즐거워진다. 최영이 자신의 손길을 얼마나 소름 끼쳐 하는지는 몰랐다.

소름이 끼친다. 이런 인간들은. 기철의 뒤를 따르며 최영은 연회장을 채운 인물들을 둘러본다. 하나 더 먹고, 하나 더 가지는 것이 생의 전부인 이것들. 타인의 아픔 따위에는 무감하고, 자존감 따위는 없는 후안무치한 것들. 세상을 파먹는 좀벌레 같은 것들.

문제는 이러한 것 몇 명 때문에 수천, 수만 명의 가엾은 것들이 사람답지 못하게 살아야 한다는 것이다. 사람답지 못하게 살다 보니 그 가엾은 것들 또한 후안무치해지고 있다는 것이다. 염치도 예도 사람으로서의 자긍심도 없어진 존재들이 눅눅한 곰팡이처럼 번식하며 세상을 점점 뒤덮고 있다.

이런 세상에 무사로 사는 것은 이제 그만두고 싶다. 이런 세상에 빌붙어 목숨을 연명하는 짓도 이제 그만두고 싶다. 내 목숨을 연명하기 위해 남의 목숨을 거두어 대는 짓도 그만두고 싶다. 그만둘 수 있을 것 같다.

곧 날이 저물 것 같은데 그 사이코에게는 아무런 소식이 없었다.

은수는 무료하게 약초원을 배회하며 기다리고 또 기다렸다. 약초원 집의 주인이라는 젊은 여자아이가 밥을 갖다주었다. 눈도 마주치지 않고, 적의를 감추지 않는 그 아이 때문에 더 주눅이 들었다. 그래도 주는 밥은 다 먹었다. 고되던 인턴 시절부터 한 끼 밥의 소중함은 익히 몸으로 체득한 바다. 이 시대는 아직 고춧가루가 수입되기 전인지 간장 절임만의 반찬이었지만 그래도 다 먹었다. 언제 또 밥을 줄지 알 수 없지 않은가.

그자는 왜 안 오는 거야. 또 한 바퀴 약초원을 돌며 생각한다.

하이힐에 맞춘 길이의 바지가 계속 땅에 끌려 몇 번 넘어질 뻔했다. 아까도 그래서 무릎을 부딪쳤고, 그 자리는 제대로 멍이 들었다. 수술 도구 중에 가위를 찾아 무릎 길이로 잘라냈다. 붕대는 잘 자르는데 옷은 잘라본 적이 없어서 바지 양쪽의 길이가 달라졌다. 맞추다보니 점점 짧아졌다. 할 수 없이 쇼트팬츠 차림이 되었다.

그자는 왜 안 오는 거야. 한의사 선생도 얼굴을 비치지 않는다. 안 되겠다. 찾아와주길 기다리는 건 내 스타일이 아니다. 은수는 가방에 붕대와 소독약 등을 챙겨 넣고 약초원을 나섰다.

고려 왕궁이란 곳은 하염없이 넓고 미로처럼 복잡했다. 그 왕궁이란 것을 구경하다가 출발했던 전의시의 방향마저 가물가물해졌다.

지나는 사람에게 길을 묻고 싶었으나 은수를 본 사내들은 모두가 놀라고 더러는 도망치고 더러는 굳어버렸다. 겨

우 말을 할 수 있던 몇 명이 가르쳐주는 방향을 따라 우달
치들이 있다는 곳을 찾아왔다.

거창한 대문 앞에 눈에 익은 갑옷의 사내들이 보초를 서
고 있다가 역시 비슷한 반응을 보였다. 그중에 얼굴을 익혔
던 자가 있어서 미소를 보였더니 금방이라도 기절할 듯한
얼굴로 대문을 열어주고는 뭐라 묻기도 전에 안으로 뛰어
들어갔다.

안으로 들어서자 병영 숙소로 보이는 이층 건물이 너른
마당을 둘러싸고 있다. 그 중앙에 둥그렇고 커다란 홀이 보
인다. 저기가 중앙 건물일까? 옆에서 등목을 하고 있던 사
내에게 묻는다.

"여기가 우달치 숙소예요?"

그자가 완전히 얼어서 고개를 끄덕인다. 두 손으로 널따
란 가슴과 배를 가리느라고 애를 쓰고 있다.

"대장 있어요? 당신네 대장."

또 고개를 끄덕인다. 그러는 동안 사방을 둘러싼 숙소에
서 난리가 났다. 사내들이 방마다 튀어나와서 이쪽을 보며
용감한 누군가는 휘파람을 불어댄다. 대한민국이나 고려나
군인들이 하는 짓은 똑같구먼. 아직 얼어 있는 자에게 묻
는다.

"어디 있는데요. 그 대장이란 작자."

그가 간신히 손을 들어 한곳을 가리킨다. 역시 아까 보았던 그 중앙 건물이었다.

그때 우달치 병영의 중앙 막사에서는 최영을 둘러싸고 조장들이 회의를 하는 중이었다.

중앙 막사의 가운데는 꽤 넓은 모래판이어서 수박 시합을 하거나 무술 연습을 하는 장소로 쓰이고 있다. 모래판을 둘러서 반원형으로 계단식의 자리가 마련되어 있어 조장급 이상의 휴식처나 회의장으로 쓰이곤 했다. 그 맨 위 칸에 최영은 거의 눕다시피 자리하고 있었다. 어쩐지 부하들과의 거리를 두는 듯한 위치였다.

전과 다르게 하나하나 할 일을 짚어주는 최영 때문에 모두 뭔가 불안함을 느끼고 있었다. 최영은 특히 새로 오신 주상의 호위를 어떤 식으로 해야 할 것인지 상세하게 일렀는데, 적과 아군의 판단이 서지 않을 때면 최 상궁의 조언을 구하라는 말까지 했다. 참으로 대장답지 않은 말이다.

듣다 못한 주석이 한마디 하려는데 대만이 문을 박차고 뛰어들었다. 손으로 문을 가리키며 뭐라 떠드는데 안 그래도 더듬는 아이가 두 배로 더듬어대니 뭐라는지 알 수가 없다. 뒤이어 덕만이 뛰어든다. 그 또한 입만 벌리고 말을 잇지 못하기에 옆에서 돌배가 뒤통수를 한 대 갈긴다.

"뭔 일인데 이리 호들갑들이야. 뭐가 어쨌다고?"

그때였다. 밖이 소란스러워졌다. 번을 나가지 않고 병영
에 남았던 우달치들이 죄다 몰려나와 떠드는 듯하다. 어느
놈이 거창하게 싸움판이라도 벌인 모양이다.

최영의 찡그린 얼굴을 보고 충석이 성을 내며 일어선다.
안 그래도 아까부터 대장의 기색을 살피는 중이었다. 덕성
부원군의 집을 나서 이곳까지 오는 동안 대장은 숨소리를
거의 내지 않았다. 충석이 살피기에 그것은 거친 숨소리를
들키지 않기 위해 일부러 자제하는 듯이 보였다. 이놈의 회
의라는 것을 어서 끝내고 대장을 쉬게 할 생각이었는데 밖
의 놈들은 도대체 왜 이 소란을…… 하며 입구 쪽으로 이
동하다가 충석이 굳었다. 실내에 있던 조장들이 거의 충석
과 같은 반응을 보였다. 돌배는 하마터면 휘파람을 불 뻔했
다가 겨우 삼켰다.

거기 입구를 열고 들어서는 것은 하늘의 의원이었다. 그
런데 그 복장이, 허벅지까지 내어놓은 그 아래 복장이…….

최영은 비스듬히 누운 자세에서 일어나 앉으며 믿을 수
가 없어서 본다. 처음에는 열에 들떠 헛것을 보는 줄 알았
다. 여기 사내들만이 있는 우달치 병영에, 하늘의 여인이
다리를 다 드러낸 차림으로 찾아왔다. 저 차림으로 여기까

지 오는 동안 그 모습을 보았을 자들과 그들이 떠들어댈 내용을 생각하니 아찔하다. 여인은 사내들의 시선 따위는 아랑곳없이 최영을 찾아 똑바로 쳐다본다.

은수는 그를 보는 순간, 마음이 후룩 내려앉는 것을 느낀다. 그자가 거기 있었다. 내내 마음을 졸이게 하더니 거기 멀쩡하게 앉아 있다. 아니 멀쩡해 보이지는 않았다. 얼굴이 검게 죽어가고 있다. 얼마나 걱정을 했는지 모른다. 어디서 아무도 모르게 혼자 쓰러져 있을까봐. 그 마음 졸였던 시간들이 억울해서, 그리고 또 거부당할까봐 지레 겁이 나서 말이 곱게 나오질 않았다.

"내가 인턴에 레지던트에 그 개고생을 할 때 딱 한 가지 좋았던 게 뭐냐 하면요. 모든 환자는 다 지 발로 찾아온다는 거죠. 내가 찾아다니는 게 아니고."

말을 하며 다가섰는데 그자는 꿈쩍도 안 하고 은수를 내려다보기만 한다. 그 위까지 올라갈 생각을 하니 괴롭다. 여기까지 찾아오느라고 이미 충분히 운동을 해서 다리가 후들거리는 중이다.

"이리 좀 내려와보세요."

그자는 그 말에는 반응이 없이 그저 은수를 보고 있다.

"안 들려요? 이리로 내려오시라고요. 윗옷 좀 벗어주시고요."

그자는 미동도 없는데 뒤에서 헉 하는 소리들이 들린다. 돌아보지 않기로 한다. 좀 더 의사답게, 위엄 있게. 그러나 할 수 없이 끙끙대며 그 위쪽으로 올라선다. 오기 싫어? 그럼 내가 가지 뭐.

"옷 좀 벗으시라고. 청진기는 없지만 타진이라도 좀 해봐야겠어요. 수술 부위도 다시 봐야겠고. 열은 어때요. 손 줘봐요."

간신히 옆에 도착해서 그자의 손목을 잡으려는데 탁 쳐낸다. 그 손길이 어찌나 매정한지 은수는 저도 모르게 울컥 목이 멜 뻔한다. 겨우 가라앉힌다. 의사답게 냉정하게. 별 이상한 환자, 한둘 보고 살아온 거 아니잖아. 가방에서 붕대며 솜 등을 꺼내며 다시 달랬다.

"손을 잡겠다는 게 아니고 맥박 수 좀 재보겠다고요. 손 안 잡아요. 걱정 말고."

다시 손을 뻗었는데, 그런데 그자가 일어서더니 계단을 내려가버린다. 은수가 끙끙대며 올라온 높은 간격의 계단들을 긴 다리로 성큼성큼 순식간에 내려가버린다. 그러면서 자기 부하들에게 성을 낸다.

"오늘 보초 누구야. 아무나 들고 나는 데야? 여기가?"

아무나? 은수의 속에서 뭔가가 치밀어 오른다.

"저분 전의시에 모셔드려. 다신 함부로 나다니지 못하게 누가 번 좀 서고."

하더니 그자가 입구 쪽으로 간다. 그 말을 다 하는 동안 단 한 번도 은수 쪽을 돌아보지 않았다. 배를 타고 오는 내내, 배에서 내려 이제까지 한 번도 은수를 제대로 보지 않았다. 말을 건네면 무시하고 손을 내밀면 쳐냈다. 계단을 비틀비틀 내려오며 들고 있던 붕대를 냅다 그자에게 던진다.

"야, 이 미친놈아. 내가 뭘 그리 잘못했는데?"

그자가 돌아본다.

"멀쩡하게 잘 살고 있는 사람. 니가 잡아왔잖아!"

쫓아가며 아예 들고 있던 가방을 집어 던졌더니 그가 간단하게 받아 든다. 놀란 듯한 눈으로 은수를 보고 있다. 그 모습이 어른거린다. 눈물이 차오르고 있다. 아 젠장. 울지는 말지. 그런데 울음도 튀어나오는 말도 제어가 안 된다.

"나, 작년에 겨우 열다섯 평짜리 내 오피스텔 샀어. 그거 아직 대출 한참 남았지만 그래도 내 집이라고. 나 지금 내 집에 가서 내 욕실에서 샤워하고 내 잠옷 입고 내 침대에서 자고 싶다고. 근데 니가 잡아왔잖아. 밥도 제대로 안 주고……."

하늘의 여인이 또 운다.

최영은 어쩔 줄 모르고 본다. 내가 또 울렸다. 여인이 울며 말한다.

"꿈인 줄 알았는데 암만 자고 깨도 아니고. 그럼 내가 진짜 사람 찌른 건데, 치료해주겠다는데, 건드리지도 못하게 하고. 나보고 어쩌라고. 그래, 내가 당신 찔렀어. 미안하다고. 미안하니까 제발 치료 좀 받으라고."

이제 여인은 흐느낀다. 최영의 속에서 알 수 없는 것이 북받쳐 오른다. 받아들었던 여인의 가방을 던져버리고 저도 모르게 여인에게 다가선다. 그 가냘픈 양 어깨를 짚는다. 어깨를 짚었는데도 멈추지 않는 마음이 여인을 밀어간다. 여인의 등이 기둥에 막히고서야 겨우 멈춘다. 이제 여인은 놀란 눈으로 최영을 본다. 그 눈에 간신히 정신이 든다.

여인에게서 손을 떼고 몸을 일으킨다. 뒤로 돌아선다. 충격으로 보고 섰던 부하들이 거기 있다. 충석이 먼저 정신을 차리고 부하들을 몰아서 나간다. 문이 닫히길 기다린다. 보여서는 안 될 꼴들을 보였다. 나를 위해서가 아니라 저분을 위해서.

다시 돌아섰더니 그 자리에 못 박힌 듯 그분이 아직 서 있다. 그 눈에 아직 눈물이 남아서 최영을 보고 있다. 이 여인의 눈이 대체 무엇인데 이토록 나의 자제를 깨뜨리는가. 최영은 성이 난다. 가까이 했더니 여인이 겁에 질린다. 그것이 더 최영을 성나게 한다. 여인이 옆으로 도망치려 하기에 팔을 뻗어 기둥을 짚어 막아 세운다.

"그러게 내가 뭐라 했습니까."

여인이 흐느낌이 남은 목소리로 되묻는다.

"뭐가 뭐요."

그래. 이분은 모르면서 그대로 넘어가는 분이 아니었지.

"하늘문 옆. 임자가 내 검으로 날 찔렀던 그 자리. 거기 나 혼자 내버려 두고 가라 했지요."

"말이 되는 소릴 해요."

"도대체 왜 나를 살리겠다고 나댄 겁니까. 임자 때문에 내가 지금 또 무슨 덫에 걸렸는지 알기나 해요?"

이제는 여인이 성을 낸다. 좀 전에 겁을 내던 여인이 발 끈한다.

"그래서 죽을래요? 죽을 수 있어요. 환자 분 지금 상태 보아하니 패혈증 걸려가지고 얼마든지⋯⋯."

"그 입."

"내 입 뭐어."

"내가 죽을병에 걸렸다고 또 한 번만 떠들고 다니십시오. 그 입⋯⋯ 내가 제대로 다물게 해줄 거니까."

여인이 어이가 없다는 듯 입을 벌리고 최영을 본다. 그 무방비의 입술이 눈에 들어온 순간 최영은 포기했다. 더 못 하겠다. 이렇게 가까이서, 이렇게 여인의 향기가 가득한 거리에서 더 성을 낼 수가 없다. 최영은 훌쩍 몸을 일으켜 돌아선다. 몇 걸음 움직여 숨을 쉴 수 있게 거리를 벌린다.

"궁 안에선 함부로 싸다니지 마시고. 사내들만 있는 이런 병영엔 절대 기어들지 마시고. 밖에 애들이 전의시에 데려다줄 거니까 거기 조신하게 박혀 기다리세요. 내 일이 끝날 때까지. 알아들으셨습니까?"

돌아보았더니 원망에 가득한 눈으로 최영을 보던 여인이 걸어온다. 최영의 옆 바닥에 떨어져 있는 가방을 집어 든다. 그 바람에 또 여인의 다리가 눈에 들어오고 만다. 이 모습으로 여기까지 왔다니. 입구 쪽으로 가려는 여인의 앞에 팔을 뻗어 막아 세운다.

"하나 더. 그 아래는 좀 감추고 다니십시오. 하늘나라 의복은 어떤지 모르겠으나 이 땅에서는……."

순간, 여인이 최영의 손을 잡았다. 빼내려 하니 여인은 악착같이 최영의 손목을 잡는다. 최영이 손목을 비틀어 빼냈더니 여인은 그의 손목을 잡았던 손을 제 이마에 얹는다. 비교하여 열을 재고 있다. 이제까지 울며 성내던 것을 금방 잊은 듯 걱정스러운 얼굴이 된다.

"이거 삼십팔 도가 넘겠는데……."

그런 여인 때문에 최영은 당황하는 마음이 된다. 그러더니 여인이 주섬주섬 가방을 뒤져 뭔가를 꺼낸다.

"내 비상 아스피린 줄게요. 진통, 소염, 해열 작용이 있으니까 한 번에 두 알씩. 하루 세 번 먹으면 돼요. 큰 효과는 없겠지만 그래도……."

여인이 병을 내민다. 투명하게 안이 들여다보이는 병이다. 여인이 고개를 숙이고 있어서 표정을 볼 수가 없다. 그래서 최영은 병을 받지 못한다. 여인이 울거나 성을 내주길 바란다. 그것은 납득할 수 있다. 그런데 이처럼 고개를 숙이고 떨리는 목소리로 말하는 여인은 어떻게 해야 할지 모르겠다. 설마 나를 걱정하고 있는 건가? 여인이 약병을 든 손을 뻗은 채 뭐라 중얼거린다. 알아듣지 못했다. 저도 모르게 묻는다.

"뭐요?"

여인이 고개를 들었다. 그 눈에 어린 간절함에 최영이 멈칫한다.

"죽지 마요."

뭐라고?

"죽지 말라고. 댁이 사이코인 건 아는데, 알지만. 나 혼자 놔두고 죽어버리면 난 어떡해. 그니까 제발……."

그 간절함으로 여인이 최영을 본다. 움직이지 못하는 최영을 위해 여인이 손을 뻗더니 최영의 손을 잡아 그 손에 약병을 얹어준다. 뜨겁던 최영의 손에 서늘한 여인의 손이 꽃잎처럼 머물렀다가 스쳐 지나갔다. 여인의 손 대신 약병이 남았다.

　최영이 정신을 차리고 돌아보았을 때 여인은 이미 문을 나서고 있었다. 여인이 나가고 그 문이 닫혔다. 자신의 손을 내려다본다. 여인이 남기고 간 약병이 쥐여 있다가 떨어진다. 손에 힘이 없었다. 그 약병을 집으려고 몸을 굽히다가 비틀, 결국 버티지 못하고 무너져 앉는다. 땅을 짚어 중심을 잡으며 그 앞에 굴러 있는 병을 본다. 투명하고 작은 병. 그 안의 작은 알약들.

　그것을 준 여인이 그에게 말했다. 마치 다 알고 있다는 듯이.

　죽지 마요.

2권에서 계속